COMMENT VENDRE SA FAMILLE AUX EXTRA TERRESTRES

Pour Parnell

Illustration de couverture : Laurent Kling

Ouvrage publié originellement
par Bloomsbury Children's Books, sous le titre
How to Sell your Family to the Aliens

18, rue Barbès, 92128 Montrouge Cedex
Dépôt légal : mars 2021
ISBN : 979-1-0363-1174-1

Loi n° 49-956 du 16 juillet 1949 sur les publications destinées à la jeunesse.

PAUL NOTH

COMMENT VENDRE SA FAMILLE AUX EXTRATERRESTRES

Traduit de l'anglais
par Samir Senoussi

bayard jeunesse

AVERTISSEMENT LÉGAL :
CE LIVRE CONTIENT DES INFORMATIONS POTENTIELLEMENT DANGEREUSES, EN PARTICULIER LES PASSAGES CONCERNANT LA MANIÈRE DE VENDRE SA FAMILLE À DES EXTRATERRESTRES. L'AUTEUR, HAPPY CONKLIN JUNIOR, LES A CONSERVÉES DANS L'INTÉRÊT DU GRAND PUBLIC, DONT IL ENTEND FAVORISER LA COMPRÉHENSION, LE SAVOIR ET LE MIEUX-ÊTRE. L'AUTEUR NE CONDAMNE NI N'ENCOURAGE L'UTILISATION DE CES INFORMATIONS DANS LE BUT DE VENDRE SA PROPRE FAMILLE AUX EXTRATERRESTRES. CONTINUEZ VOTRE LECTURE À VOS RISQUES ET PÉRILS.

Note de Happy Conklin Junior :

Mes avocats m'ont affirmé que je ne pouvais pas écrire ce livre sans cette mention légale. Comme tu le sais peut-être, ma famille a eu de nombreux ennuis avec la loi, mais je voudrais affirmer aux yeux de tous que je n'en garde aucune rancune envers la justice et ses agents. Après tout, ils ne font que leur travail.

Bien à toi,

Happy Conklin Jr.

PREMIÈRE PARTIE

POURQUOI VENDRE SA FAMILLE AUX EXTRATERRESTRES

GRAND-MÈRE

1

Ma famille

Même si tu as sans doute déjà une terrible opinion de moi, sache qu'à l'origine, ce n'est pas ma famille tout entière que je voulais vendre aux extraterrestres. Seulement ma grand-mère. Et je n'aurais pas fait une chose pareille sans d'excellentes raisons.

D'abord, j'avais besoin d'argent. Et puis... il y a ma grand-mère.

Quand je dis « grand-mère », j'espère que tu ne t'imagines pas une gentille vieille dame qui me préparerait des gâteaux tous les jours. Parce que ma grand-mère, elle, n'en préparait qu'une fois par semaine. Et pas pour moi, mais pour mon père. Sans compter qu'elle ne les préparait pas elle-même, puisque c'est son cuisinier personnel qui s'en occupait. Car, grâce aux inventions de mon père, elle s'était offert un cuisinier, trois bonnes, un majordome, des agents de sécurité, un chauffeur et un valet de pied, c'est-à-dire, je suppose, quelqu'un qui lui faisait des trucs aux pieds. Mais je préfère ne pas savoir quoi.

Papa n'avait qu'un seul plaisir dans la vie : faire plaisir à grand-mère. Il faisait tout le travail, et elle dépensait tout l'argent. Résultat : elle avait cinq étages de la maison pour elle toute seule, alors que papa, maman, mes cinq sœurs et moi, on s'entassait dans les deux pièces de la cave.

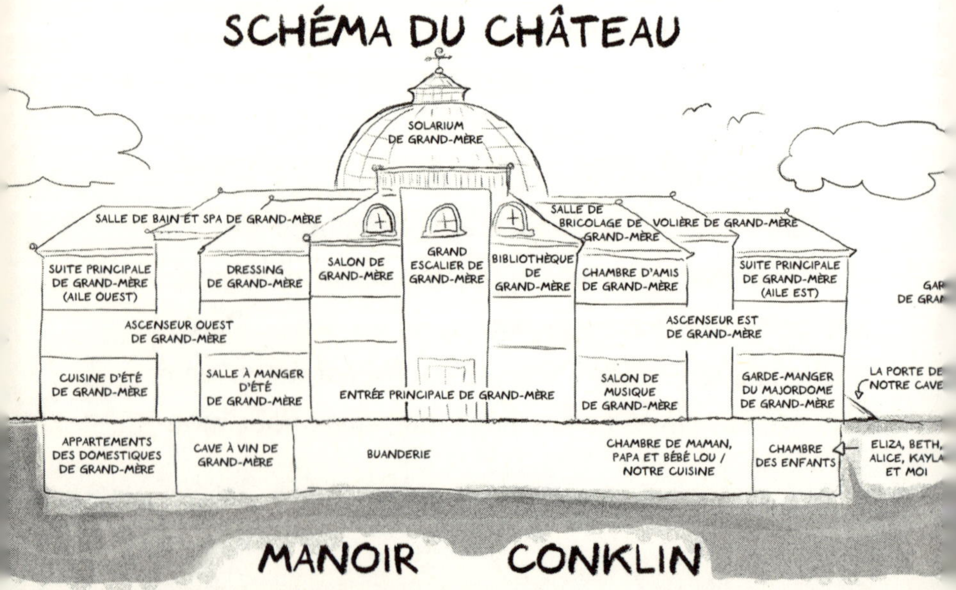

Les agents de sécurité de grand-mère étaient chargés de nous empêcher – nous, ses petits-enfants – d'accéder aux pièces les plus chics du manoir, celles avec les lustres, les fenêtres, tous les trucs dans ce genre. On n'avait pas non plus le droit d'utiliser ses ascenseurs. Ni ceux des domestiques. D'ailleurs, si grand-mère me voyait regarder le panneau de l'ascenseur des domestiques, elle ouvrait sa fenêtre pour me crier : « Ne lis pas ce panneau ! C'est le panneau des domestiques ! » et, *vlan !* elle la claquait d'un coup.

Pourtant, même si j'étais pauvre, on ne me traitait pas comme ces pauvres petits garçons qui font pitié aux gens.

Tout le monde pensait que j'étais riche à cause de mon nom, Happy Conklin Junior.

« Tu es le fils du célèbre Hap Conklin ? » me disaient les gens en souriant quand ils se souvenaient à quel point papa était célèbre, puis en fronçant les sourcils quand ils se souvenaient à quel point papa était casse-pieds.

Toi aussi tu dois froncer les sourcils en pensant à mon père. Je sais déjà ce que tu penses de lui, pas besoin de me rappeler toutes ces pubs télé, ces pubs radio, ces pubs internet... Je me doute que tu en as marre de les voir sur les panneaux, sur les bus, sur les dirigeables, sur les arbres. Pas la peine de me faire un dessin : tu voudrais pouvoir croiser un arbre ou un panneau, monter dans un bus ou un dirigeable, sans entendre mon père hurler : « Salut, c'est Hap Conklin ! » Je parie que ces mots sont un peu comme une fraise de dentiste roulant sur ton œil.

Mais souviens-toi que c'est vraiment lui qui a inventé tous ces trucs que tu vois dans les pubs. Il a travaillé franchement dur sur ces inventions, et il faut bien admettre qu'elles ont changé le monde. Tout particulièrement sa meilleure vente :

Avant les Abdo-Fesses, les gens ne savaient même pas qu'ils *voulaient* des tablettes d'abdos sur leurs fesses, et encore moins qu'ils pouvaient y arriver via un régime approprié, de l'exercice et un collant correcteur en lycra.

Évidemment, toutes ses créations n'ont pas rencontré le même succès.

Quel Beau Bébé !, par exemple. Comme la plupart des inventions de papa, tout était parti d'une idée de grand-mère. Elle était persuadée d'avoir trouvé le nouveau produit miracle qui allait rapporter gros.

Grand-mère n'aimait pas les bébés. « Trop imprévisibles », disait-elle. Ce qui l'énervait le plus, c'était de ne pas pouvoir faire la différence entre les bébés garçons et les bébés filles. Voilà pourquoi papa a inventé une crème à application locale pour faire pousser la barbe des bébés garçons. Ça marchait parfaitement : les poils poussaient sur le menton des bébés plus vite que sur un loup-garou un soir de pleine lune. Heureusement, grand-mère n'a essayé le produit que sur un seul bébé. Malheureusement, ce bébé, c'était moi. Résultat : depuis que je sais tenir un rasoir, je dois me raser trois fois par jour, tous les jours !

Mais, bien sûr, personne n'a acheté la crème Quel Beau Bébé !. Il faut croire que les gens ne partageaient pas le point de vue de grand-mère sur les bébés. Sans compter que raser un nourrisson, c'est pas de la tarte.

Mes sœurs et moi, on s'est tous retrouvés un jour ou l'autre à tester les inventions de papa. Et je n'étais pas le plus mal loti. Après tout, se retrouver avec de la barbe à dix ans, il y a pire. Prends ma petite sœur Kayla.

C'est sur elle que grand-mère, qui n'aimait toujours pas l'imprévisibilité des bébés, avec ou sans barbe, a décidé de tester la Télécommande à Bébé de Hap Conklin, un produit qui s'est avéré extrêmement défectueux.

Neuf ans plus tard, Kayla porte toujours un bandeau jaune autour du front et parle à un bourdon imaginaire nommé Alphonso.

Bref, ma vie pouvait difficilement être pire. En tout cas, c'est ce que je me disais jusqu'à ce que ma mère parte en voyage pendant quelques semaines.

Deux mots sur ma mère :

Elle vient de Moldavie, un pays d'Europe de l'Est. Elle est arrivée aux États-Unis il y a quinze ans avec un visa de travail pour être blanchisseuse au manoir. Papa et elle sont immédiatement tombés amoureux, même s'ils ne parlaient pas la même langue. Ils ont dû se cacher de grand-mère, qui n'aurait pas vu leur relation d'un très bon œil.

Mais, quand le ventre de maman a commencé à s'arrondir, grand-mère a fini par découvrir le pot aux roses. Elle a piqué une de ces colères ! Elle avait des grands projets pour son génie de fils, et un mariage avec une blanchisseuse moldave n'en faisait pas partie. C'est pour ça que grand-mère a fichu papa dehors. Il a été obligé d'aller s'installer avec maman dans le quartier des domestiques, à la cave.

Finalement, grand-mère a donné son accord pour que papa et maman restent ensemble, mais à une condition : qu'ils acceptent tous les deux de signer un document donnant le pouvoir à grand-mère d'annuler leur union et de renvoyer maman dans son pays à sa guise. Depuis, je pense que grand-mère considère notre famille comme une vermine qui grouille dangereusement à la cave, mais à peu près gérable.

Quinze ans plus tard, grand-mère a enfin offert une promotion à sa belle-fille : maman est passée de blanchisseuse à Directrice du Linge. Mais elle a d'abord dû suivre une sorte de formation accélérée dans une école hôtelière du Nevada.

Après le départ de maman, tout est allé de mal en pis.

Papa était incapable de s'occuper de la moindre tâche ménagère. Alors nous, les enfants, on est devenus ingérables. On avait le moral dans les chaussettes (que personne ne lavait).

C'est là qu'a eu lieu le terrible incident entre ma sœur Alice et Squeep ! le lézard.

2

Squeep !

Ça ne t'étonnera pas d'apprendre que « Barbu Boy » (oui, c'était mon surnom) n'était pas vraiment le garçon le plus populaire de l'école. Comme grand-mère nous interdisait tout contact avec la télé, les jeux vidéo et internet – les sujets les plus à la mode dans la cour de récré –, forcément, je ne savais pas trop de quoi parler avec mes copains de classe. Il n'y avait que deux choses qui les intéressaient : ma barbe et ma famille bizarre. J'ai dû supporter des années de moqueries incessantes. Arrivé en CM2, je me suis dit que, de toute façon, ça ne pouvait pas être pire.

Mais c'est là que j'ai perdu Squeep !, l'animal de notre classe.

« Perdu » n'est peut-être pas tout à fait le mot exact. Pour nous enseigner le sens des responsabilités, la maîtresse avait décidé que chaque élève de ma classe garderait Squeep ! une nuit chez lui. Je savais bien que je prenais un gros risque en laissant ce petit lézard tout mignon dans la chambre que je partageais avec ma sœur Alice, surtout que maman n'était pas là.

Alice était insupportable depuis quelque temps. J'ai supplié la maîtresse, Mlle Jensen, de me dispenser de ce devoir. Mais elle n'a rien voulu entendre. Alors je suis resté assis sur mon lit toute la nuit, en serrant

Squeep ! contre moi pour le protéger de la convoitise d'Alice. Malheureusement, alors que l'heure du réveil approchait, j'ai fini par m'endormir.

Depuis une expérience de grand-mère, Alice avait développé un pouvoir : voler des choses et les faire disparaître à tout jamais. Et pas la peine de la dénoncer. Elle niait en bloc et ne laissait jamais la moindre trace. Si j'avais dit la vérité à Mlle Jensen, la police aurait peut-être débarqué chez moi. Or ma famille était déjà sous le coup d'une enquête, pour des raisons que j'expliquerai plus tard. Je ne pouvais pas lui faire ça. Voilà pourquoi j'ai préféré dire à ma classe que Squeep ! s'était enfui.

Toute l'école adorait Squeep ! (aussi nommé « Monsieur Squeep », « Squeepie », « Squeep City »). En le perdant, j'avais aussi perdu mes rares alliés, enfants et adultes. J'ai beau m'appeler Happy [1], je suis rentré chez moi en pleurant pendant deux semaines après ça. Jusqu'à ce qu'un vendredi après-midi, les yeux tout embués, je tombe sur la chose que je désirais le plus au monde, la seule chose qui pouvait faire de moi un garçon normal :

UNE TÉLÉ !

Elle était posée à côté de la poubelle des voisins. Je l'ai regardée sans y croire. J'avais l'impression qu'un génie venait d'exaucer mon vœu le plus cher.

Mes parents, qui ne sont pas non plus des gens tout à fait comme les autres, étaient 100 % d'accord avec grand-mère pour interdire la télé. Sauf que, depuis que maman n'était plus là, plus personne ne suivait aucune règle. Alors je ne voyais pas pourquoi j'aurais dû être le seul à le faire.

---

1. « Happy », ça veut dire « heureux » en anglais (note du traducteur).

L'idée que la télé puisse être cassée ne m'a pas traversé un instant l'esprit. Comment le destin aurait-il pu être aussi cruel ?

J'ai eu toutes les peines du monde à soulever cette vieille téloche abandonnée dans l'herbe. Mais j'ai quand même réussi à la traîner jusqu'au manoir Conklin. Je l'ai tirée par l'entrée des domestiques – en gardant un œil sur le poste de sécurité des agents de grand-mère –, puis par la porte de la cave, puis tout en bas des escaliers, puis jusqu'aux deux minuscules chambres où ma famille vivait, au sous-sol.

Si maman avait été là, elle me serait tombée dessus avant même que j'arrive à la dernière marche. Mais il n'y avait que papa à la maison. Et je pense que j'aurais pu passer avec un camion entier de télés sans qu'il s'en rende compte !

J'ai jeté un coup d'œil discret dans la pièce qui servait à la fois de cuisine et de chambre à coucher pour mes parents. Papa était debout près de la cuisinière. Il tenait dans une main sa dernière invention : un petit cerceau tressé de fils dorés. De l'autre main, il remuait une casserole de haricots blancs d'un air absent. Un énorme tube de ketchup était posé à côté de la casserole. Depuis le départ de maman, c'était papa qui « cuisinait » pour nous.

Au menu des dîners : des haricots blancs avec des tonnes de ketchup. Pour les petits-déjeuners : des haricots blancs saupoudrés de sucre. Et pour les déjeuners, c'était le pompon : des haricots blancs... sans rien.

Le pire, c'étaient les jours d'école. Le jus des haricots se mettait à couler de mon sac en papier avant même que j'aie le temps d'arriver en classe. Et à chaque fois c'était la même histoire : les autres enfants me piquaient mon repas et me l'écrasaient sur le visage en criant : « Barbharicots ! Barbu Boy a une barbe de haricots ! » Et, là, ils faisaient leur petite danse « On-va-faire-pleurer-Barbu-Boy ». Je détestais cette danse – qui me faisait effectivement pleurer – mais je dois avouer qu'avec le temps, certains enfants ont fini par la maîtriser parfaitement. Même si, que ce soit en termes de rythme, de style ou de grâce, personne n'arrivait à la cheville de Mlle Dalton, notre principale. Quand elle se mettait à danser le « On-va-faire-pleurer-Barbu-Boy », tous les enfants et tous les professeurs faisaient un cercle autour d'elle pour admirer ses incroyables chorégraphies. À ce moment-là, on savait pourquoi c'était elle la boss !

Heureusement, en admirant ma nouvelle télé, je me disais « tout ça, c'est du passé ». J'allais enfin pouvoir parler à mes camarades de classe, et leur dire des trucs normaux, du genre : « Ouais, je l'ai vu aussi » sans que mon nez s'allonge. J'ai soulevé la télé, et je me suis introduit dans la cuisine sur la pointe des pieds, tel un ninja. Soudain, j'ai entendu une voix chanter en roumain. Maman ?! Non. C'était Kayla, qui susurrait une berceuse moldave de maman à notre plus jeune sœur, Bébé Lou. Maman avait mis sur pied un « programme de sécurité » de façon qu'il y ait toujours quelqu'un pour s'occuper de Bébé Lou en son absence. En me voyant tirer l'énorme télé à travers la cuisine, Kayla a secoué la tête (toujours entourée de son grand bandeau jaune) d'un air consterné. Mais Bébé Lou, elle, m'a souri. Elle a dit mon nom – qu'elle prononçait « Bapy » – et m'a fait un si grand sourire que j'ai bien dû le lui rendre. « Tu vas y arriver, Bapy, semblait dire son sourire. Tu assures. »

Motivé par ces encouragements, j'ai porté la télé jusqu'à la chambre que je partage avec mes cinq sœurs. Je t'ai préparé un DIAGRAMME DES SŒURS pour que tu t'y retrouves :

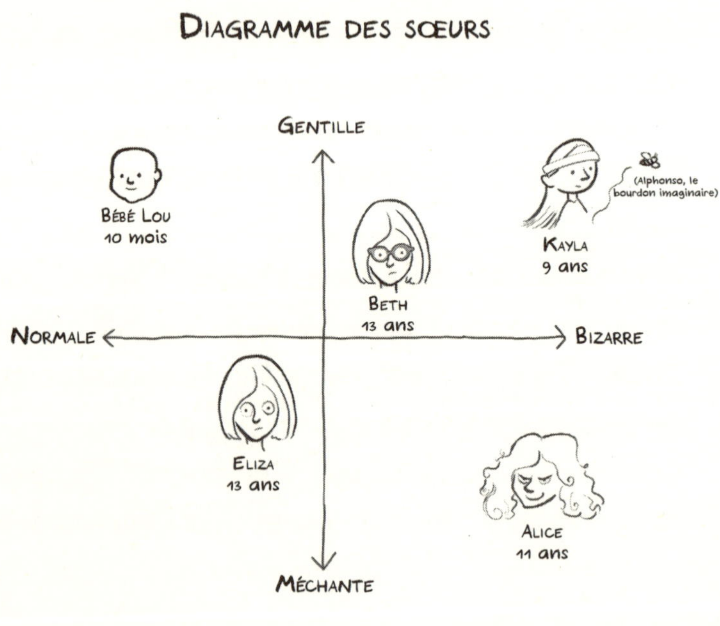

Tu as remarqué les axes Méchanceté et Bizarrerie ?

Eh bien, il faut admettre que les expériences de grand-mère sont responsables de la Bizarrerie, et aussi d'une bonne partie de la Méchanceté ; mais, pitié, n'accuse pas mes parents. C'est vrai que papa est à côté de la plaque dans à peu près tous les domaines. Mais maman ? Je pense qu'elle ne se rendait pas compte à quel point tout ça était dangereux. Jusqu'au jour où il est arrivé quelque chose à Kayla, il y a neuf ans. Après ça, elle n'a plus jamais laissé grand-mère s'approcher de ses bébés, et fini les expériences.

3

Les jumelles

Alors que je tirais ma nouvelle télé dans notre chambre, j'étais un peu inquiet de la réaction de mes trois grandes sœurs. Heureusement, elles étaient trop occupées et n'ont rien remarqué.

Pour ne pas changer, les jumelles étaient en train de hurler sur Alice. Comme Beth avait retiré ses lunettes, j'étais incapable de la distinguer d'Eliza.

– Espèce de voleuse ! criait l'une des jumelles. Où est mon sweat ?

– Tu nous piques tout ! hurlait l'autre.

Impossible de les différencier. Contrairement à la plupart des soi-disant vraies jumelles, Beth et

Eliza sont *vraiment* identiques. Elles ont exactement la même tête et la même voix. La seule chose qui permette de s'y retrouver, ce sont les lunettes à monture verte de Beth. Mais, dès qu'elle les retire, PERSONNE n'est capable de faire la différence entre Beth et Eliza. Ni mes parents, ni mes sœurs, ni leurs professeurs, ni les logiciels de reconnaissance faciale, ni même elles-mêmes, qui ne savent jamais qui est qui sur les photos.

Ironie de l'histoire : ces lunettes à monture verte qui permettent de les distinguer sont aussi la raison pour laquelle elles sont exactement pareilles.

Quand les jumelles étaient bébés, grand-mère cherchait à tout prix un nouveau produit à succès pour surfer sur la vague des Abdo-Fesses. Un nouveau produit qui n'offrirait pas seulement des abdos fessiers en acier, mais aussi un corps de rêve. Comme d'habitude, papa a relevé le défi en créant les LUNETTES PARFAITES de Hap Conklin.

Ces lunettes furent le premier produit testé par grand-mère sur ses petits-enfants. C'est arrivé des années avant ma naissance, et personne n'en a plus jamais reparlé depuis.

LES LUNETTES PARFAITES

DE HAP CONKLIN

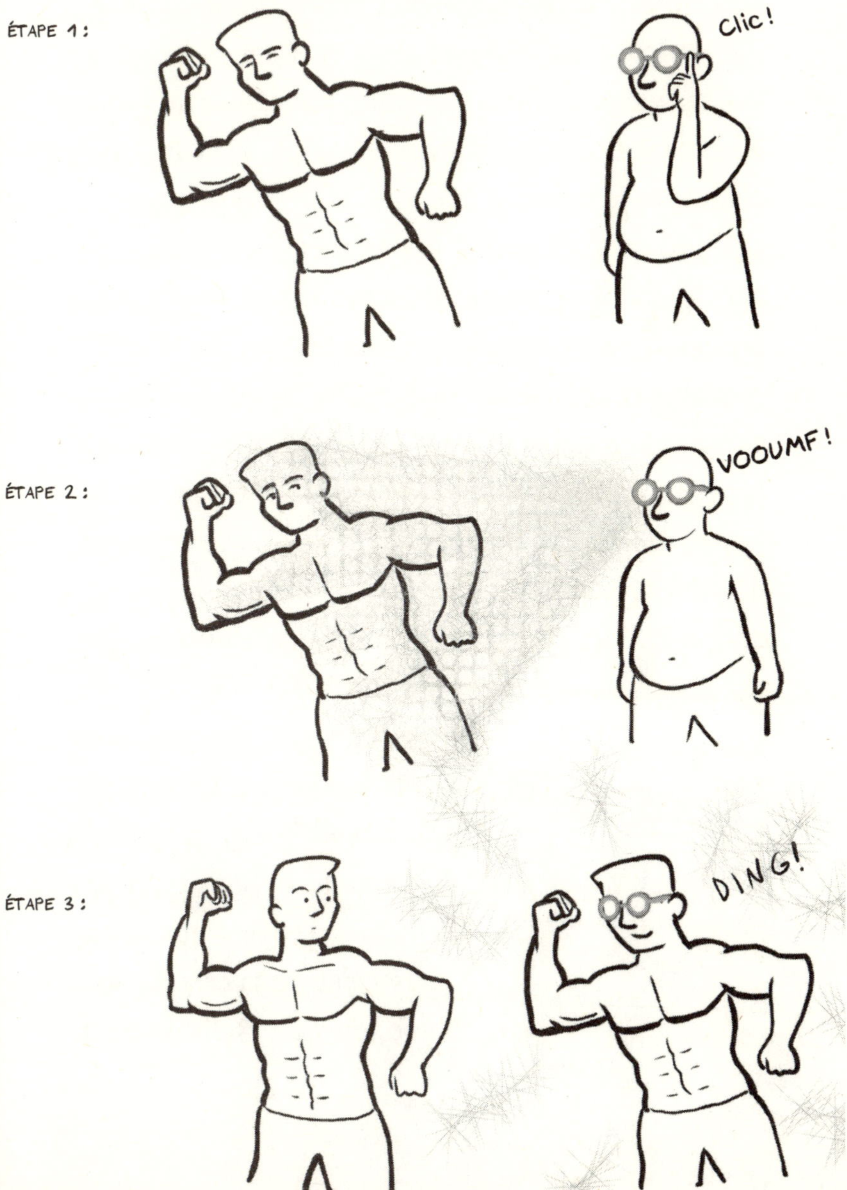

Les expériences de grand-mère étaient considérées comme un sujet épineux dans ma famille. Moi, j'ai toujours supposé que Beth et Eliza étaient nées fausses jumelles, mais que grand-mère avait utilisé les lunettes pour les transformer en vraies. Cela dit, Beth, comme tu le verras, a une autre théorie à ce sujet.

Quoi qu'il en soit, l'expérience a été jugée très concluante. Les lunettes fonctionnaient à merveille, et elles auraient rencontré un énorme succès si le FBI n'avait pas décidé de les interdire avant qu'elles ne soient commercialisées, jugeant que ce gadget permettant d'emprunter l'apparence physique de son voisin mènerait à une vague massive d'usurpations d'identité. Soit dit en passant, c'est là qu'ont commencé les problèmes de ma famille avec le FBI.

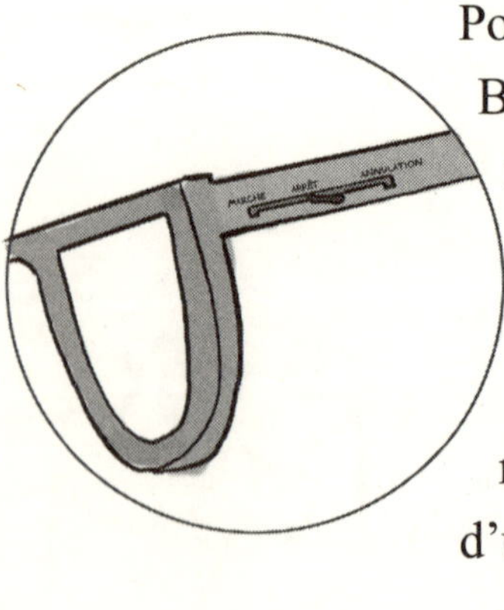

Pour rester pareille qu'Eliza, Beth la regardait plusieurs fois par jour à travers ses lunettes réglées en position « marche ». Sans quoi des taches de rousseur apparaissaient sur sa peau au bout d'une journée. Beth détestait ces taches de rousseur, sans doute parce qu'Alice en a aussi. Alors, tous les jours, elle faisait bien attention à rester exactement semblable à Eliza. Car qui sait ce qui aurait bien pu arriver après les taches de rousseur ; à qui (ou à quoi) elle aurait fini par ressembler...

Pour toutes ces raisons, Beth veillait sur ses lunettes – la seule et unique paire encore en circulation à notre connaissance – comme sur la prunelle de ses yeux. Mais elle ne les portait jamais en public, de peur de se retrouver encerclée par des hommes du FBI en costume noir, qui auraient forcé la porte de notre maison pour lui confisquer son bien le plus précieux.

4

Ma télé

J'étais donc en train de tirer la télé dans notre chambre quand j'ai entendu les jumelles hurler sur Alice.

– Sale voleuse ! criait l'une d'elles. Où est mon pantalon en velours ?

– Tu nous piques tout ! criait l'autre.

– Pff, a répondu Alice, niant tout, comme d'habitude. Qu'est-ce que tu voudrais que j'en fasse, de ton pantalon répugnant ?

– Tu as volé mon shampoing à la fraise ! hurlait une des jumelles.

– Pff, a répondu Alice. Comme si j'avais la moindre envie de *toucher* ton shampoing minable.

– Je veux avoir ma propre chambre ! a gémi l'une des jumelles.

Là, je savais que c'était Eliza, parce qu'elle disait « Je veux avoir ma propre chambre ! » environ vingt fois par jour.

J'ai posé la télé sur mon lit, les bras tremblant d'épuisement, ou peut-être d'excitation. Ma propre télé ! Le rêve était devenu réalité. J'allais enfin pouvoir vivre comme une personne normale.

Je l'ai branchée dans la prise murale la plus proche et je me suis assis devant l'écran. J'ai pris une grande inspiration et j'ai délicatement appuyé sur le bouton.

Ça a fait *clic*. Et puis rien. J'ai réessayé. J'ai éteint, *clic*. Et rallumé, *clic*. Toujours rien. *Clic-clic, clic-clic, clic-clic*. Rien, rien, rien. « Reste calme, me suis-je dit. Ne panique pas. »

Mais, deux secondes plus tard, j'étais en train d'appuyer furieusement sur tous les boutons, de monter tous les niveaux, et finalement de taper des deux mains sur le vieux poste sans vie comme un gorille enragé. *Boum ! Boum ! Boum ! Boum ! Boum !*

Et, là, j'ai réalisé que les filles s'étaient arrêtées de parler.

Alice et les jumelles étaient debout à côté de mon lit. Quand j'ai levé les yeux vers elles, leurs gloussements silencieux se sont transformés en hurlements de rire.

– Tu croyais vraiment que ce vieux truc pourri allait marcher ? m'a dit Alice en se tordant de rire.

– Regarde-toi, tu es en sueur ! ricanait une jumelle.

– Il doit s'être fait une bonne dizaine de hernies ! ricanait l'autre.

– Vous avez vu la tête qu'il fait ?!

– Tu vas pas pleurer quand même ?

Et, comme un camarade d'école particulièrement mal intentionné avait appris à mes grandes sœurs les pas de « On-va-faire-pleurer-Barbu-Boy », elles ont commencé à se déhancher et à chanter à l'unisson. Je me suis mordu les lèvres et j'ai serré les poings pour empêcher l'inévitable torrent de larmes.

« *Barbu Boy va pleu...* »

Mais, avant que les larmes ne jaillissent, Alice et les jumelles ont soudain cessé de chanter. Elles regardaient Kayla, qui approchait d'un air résolu. Quand on voit Kayla débarquer comme ça, on se tait tous dans l'attente de ce qui va se passer (tu te souviens peut-être que, sur le Diagramme des Sœurs, Kayla se trouve tout au bout de l'Axe de la Bizarrerie).

Kayla a marché à grands pas jusqu'à mon lit de camp, puis a plongé les yeux dans ma télé en grattouillant son bandeau jaune. Son visage était parcouru de petits tics. Comme à chaque fois qu'elle parlait à Alphonso, son bourdon imaginaire.

Soudain, son visage s'est immobilisé, et son bras a bougé à toute vitesse. Sa main, avec une précision chirurgicale, a tourné trois fois le cordon d'alimentation de la télé dans le sens des aiguilles d'une montre.

Un petit *pop* électrique. Un bourdonnement de plus en plus fort. Un carré de lumière de plus en plus grand.

– Merci, Kayla, ai-je murmuré alors que la télé s'éveillait tel un ange assoupi.

Elle m'a répondu d'un signe de tête en quittant la pièce.

– Madame Je-Sais-Tout, a grogné Alice.

– Traîtresse ! a dit Eliza.

Ou Beth ? Non, Eliza, je crois.

Mais je m'en fichais parce que... je regardais la télé ! J'ai reconnu la petite musique que les enfants sifflotaient dans la cour. Je les avais entendus imiter la voix grave de l'annonceur. Ce n'était pas n'importe quelle émission, mais l'émission la plus populaire de l'école : *Gare à la Bagarre.* En fait, le mot « populaire » est même loin de décrire le phénomène. Si mon école avait eu une religion, *Gare à la Bagarre* aurait été son dieu. Ce moment était bien plus délicieux que n'importe lequel des gâteaux cuisinés par le chef de grand-mère. Rien que de voir tous les noms de ces légendes du catch sur le tableau du tournoi, je nageais dans le bonheur !

Jusqu'à ce que je remarque qu'Alice m'espionnait discrètement, assise sur son lit derrière son petit poudrier argenté. J'ai serré ma télé de toutes mes forces. Je me suis dit que, si je laissais mes deux yeux et mes deux mains sur le poste, peut-être qu'Alice ne réussirait pas à le voler. Peut-être.

Tu veux savoir à quel point Alice était douée pour le vol ? Laisse-moi te donner un exemple :

Un jour, dans le cadre d'une des nombreuses enquêtes du FBI sur notre famille, je l'ai vue retirer les menottes de la ceinture d'un agent sans qu'il s'en aperçoive. Et plus tard elle m'a montré les lentilles de contact qu'elle avait volées directement sur ses yeux.

J'aurais parié tout ce que je possédais que c'était la meilleure voleuse de tous les temps. Sauf qu'Alice m'avait déjà volé tout ce que je possédais. Elle avait pris Squeep ! de mes bras à la seconde où je m'étais endormi. Elle avait mis la main sur tous les romans policiers que j'avais rapportés à la maison, jusqu'à ce que la bibliothèque révoque ma carte et me traite, *moi*, comme un criminel.

Où cachait-elle son butin ? Personne ne le savait, mais moi j'aurais parié sur son petit poudrier argenté. Elle était si furtive et secrète que je n'ai jamais su le nom de l'invention que grand-mère avait essayée sur elle, et qui était sans doute à l'origine de son don. Il n'y avait qu'une seule chose dont j'étais sûr : quand Alice te volait quelque chose, tu pouvais lui dire adieu. Ce qu'elle prenait disparaissait pour toujours.

« Mais pas cette fois ! » me suis-je dit, en plongeant courageusement mes yeux dans ceux qui me regardaient par-dessus le petit poudrier argenté. Elle a tressailli en voyant mon air féroce. J'ai murmuré : « Pas cette fois, Alice. » Cette fois, le plus malin, ce serait moi. Cette fois, juré, craché, jamais, au grand jamais, Alice ne mettrait la main sur ma télé.

5

Alice a volé ma télé

Gare à la Bagarre s'est révélé aussi passionnant que ce que tout le monde disait. Par un étrange coup de chance, j'avais allumé le poste pile au moment où commençait ce qui allait devenir l'une des plus célèbres empoignades de l'histoire. J'ai eu le privilège de voir combattre le champion en personne : Florida Pete, l'homme le plus fort du monde. Une montagne de muscles de 2,15 mètres.

En le voyant à la télé, je me suis dit que j'aurais bien aimé avoir ma propre paire de Lunettes Parfaites. Comme ça, si j'avais rencontré Florida Pete en chair et en os, j'aurais pu devenir son jumeau. J'avais souvent entendu les enfants imiter son célèbre « cri du croco ». Mais en l'entendant pour de vrai j'en ai eu la chair de poule. J'ai compris pourquoi ce cri suffisait à faire fuir du ring certains de ses adversaires.

« Et le chaaaaallenger ! a tonné l'annonceur de sa voix grave. Le Flamenco Masqué ! »

De deux têtes plus petit que Florida Pete, et fin comme un rail, le Flamenco Masqué portait une élégante combinaison noire étoilée et un masque noir brodé de roses rouges scintillantes.

Je me suis dit que ça allait être vite réglé.

La cloche a sonné. Florida Pete, lui, a sonné la charge. Et c'est là que le Flamenco Masqué s'est mis à *danser*. À danser au son d'une guitare espagnole qu'il était le seul à entendre. Bougeant en cadence sa taille étroite, le Flamenco Masqué dessinait des motifs complexes dans les airs en faisant claquer ses doigts longs et fins. Des doigts étrangement familiers.

Florida Pete lui a asséné cinq coups de boutoir super rapides. Mais le Flamenco Masqué les a esquivés en dansant, avant de lui balancer une claque du plat puis du revers de la main. *Clac-clac*. La foule retenait son souffle. Moi aussi. Et Pete aussi. C'est là qu'il a poussé son célèbre cri et bondi comme un tigre.

Alors que le Flamenco Masqué tentait de lui échapper en tournoyant, j'ai vu les griffes de Pete passer à quelques centimètres seulement de sa proie. Je me suis dit qu'on allait assister à un massacre en bonne et due forme. J'avais l'impression que j'allais mourir d'excitation. Mais la cloche a sonné la fin du round.

« Je m'appelle Hap Conklin », a entonné une voix familière.

Il m'a fallu un moment pour me rendre compte que papa était à la télé et pas dans notre chambre. Il se trouve que les Industries Conklin étaient le principal sponsor de *Gare à la Bagarre*. Là, c'était une pub où papa vantait les mérites d'une nouvelle gamme de dîners surgelés familiaux. Au menu : la Fondue au Fromage Chinoise de Hap Conklin et les Tic-Tacos de Hap Conklin, « les seuls tacos surgelés qui donnent l'heure ». Enfin une pause pub. J'avais envie de faire pipi depuis la sortie de l'école. J'ai débranché la télé : j'étais obligé de la prendre avec moi puisqu'il était hors de question que je la laisse seule avec Alice.

Seul problème : j'avais tellement mal aux bras que je pouvais à peine les bouger. J'ai calé mes doigts sous la télé et j'ai dû me pencher en arrière en tirant de toutes mes forces pour la soulever. Le simple fait de rester en équilibre me faisait souffrir. Au premier pas, j'ai ressenti une douleur atroce. Au second, j'ai cru que j'allais pleurer. Surtout que je me rendais compte que ce serait ça, ma vie, désormais. Si je laissais la télé une seconde sans surveillance, je pouvais lui dire adieu. Plus question de dormir. Et il faudrait que je l'emmène avec moi à l'école et que je la trimballe de classe en classe. Obligé.

Mais, là, j'ai pensé à Florida Pete. Ce n'est pas en renonçant au moindre obstacle qu'il était devenu l'homme le plus fort du monde. Oui, ce serait dur, et les prochains mois seraient encore plus durs. Mais il fallait penser à mes futurs muscles. Penser à Florida Pete. Florida Pete.

Rien qu'en répétant son nom, j'ai commencé à me sentir plus fort, et j'ai porté la télé d'un seul coup de la chambre au couloir. Et là, je me suis demandé comment l'idée d'abandonner cette merveilleuse machine – mon ticket pour la normalité, mon unique chance d'être accepté à l'école et d'échapper à ma famille à la maison – avait pu me traverser l'esprit. J'avançais de plus en plus vite, pour être sûr de ne rien louper après la pub.

À mi-chemin de la salle de bain, j'ai entendu un truc minuscule ramper vers moi. Un *gratte-gratte* à mes pieds. En baissant les yeux, j'ai vu une petite bête verte passer entre mes chaussures. J'ai reconnu cette créature en forme de point d'exclamation, ces taches marron, cette petite queue adorable...

– Squeep !!

C'était lui, aucun doute. D'ailleurs, il s'est retourné en entendant son nom.

Et puis il a filé comme une flèche.

– Non, attends ! ai-je crié en posant la télé.

Je lui ai sauté dessus. En atterrissant de mon vol plané, j'ai senti ses écailles glisser entre mes doigts. Et il a disparu sous la porte du placard, dans une étrange odeur de shampoing à la fraise.

Je me suis dit « Oh non ».

J'ai roulé sur moi-même et j'ai regardé à l'autre bout du couloir. La télé avait disparu.

Au fond de moi, je savais déjà ce qui s'était passé. Mais je me suis refusé à l'admettre. Pas avant d'avoir fouillé le placard et le couloir de fond en comble pour retrouver Squeep ! et la télé. Mais rien. Rien de rien.

Alice m'avait bien eu. Le coup de la diversion par le lézard. Un grand classique. Je suis retourné dans la chambre et je lui ai jeté un regard noir. Étendue sur son lit, elle faisait mine de s'admirer dans le miroir de son poudrier. Mais je voyais bien qu'elle avait du mal à réprimer un sourire sur son visage couvert de taches de rousseur. Où cachait-elle le fruit de ses vols ? Je me suis creusé la tête. Rien sur sa table de nuit, à part sa brosse ronde, qui commençait à ressembler à un petit chat persan faute d'être nettoyée.

Le poudrier ! C'était forcément là-dedans qu'elle planquait tout. Mais comment ? Comment cacher autant de trucs dans quelque chose d'aussi petit ?

– Non ?! s'est écriée l'une des jumelles. Elle l'a déjà volée ?!

Beth, qui avait remis ses lunettes, a contourné mon lit et s'est plantée devant Alice.

– Pff, lui a dit Alice. Qu'est-ce que tu voudrais que j'en fasse, de cette vieille télé pourrie ?

– Incroyable ! a soupiré Beth. C'est quoi, ton problème, Alice ? Espèce de cleptomane dingue !

Alice, qui détestait qu'on la traite de cleptomane, a répliqué avec les mots qui blessaient le plus Beth :

– Sotte ! Petite sotte à quatre-z'yeux !

Beth est devenue toute rouge. Elle a balancé une claque à Alice. Mais Alice est la personne la plus rapide du monde, et elle n'a eu aucun mal à l'éviter.

– Tu me paieras ça, a sifflé Alice. Très cher !

– Je veux ma chambre, a gémi Eliza.

J'ai tourné les talons vers la salle de bain en me disant : « Je n'en peux plus ! Je n'en peux plus de cette famille. Il faut que je fasse quelque chose. Quelque chose qui change. Quelque chose de DÉFINITIF ! »

CE N'EST PAS À ÇA QUE RESSEMBLENT LES EXTRATERRESTRES. J'AI DESSINÉ CELUI-CI POUR FAIRE PEUR AUX LECTEURS QUI SE DEMANDENT EN TREMBLANT DEPUIS LE DÉBUT DU LIVRE À QUOI RESSEMBLERONT LES EXTRATERRESTRES.

6

J'arrête de me raser

Je ne me suis pas rasé ce soir-là, ni le lendemain matin. À quoi bon ? Qu'ils se moquent de moi. Qu'ils chantent leurs chansons cruelles, qu'ils dansent leurs danses blessantes. Je n'en avais plus rien à faire ! Tout ce qui comptait désormais pour moi, c'était de retrouver ce qui m'appartenait. Ma télé. Mon lézard. Tout. Mais à ce stade je n'avais pas le moindre

plan. À part rester au lit et laisser mon visage se transformer en buisson.

Le dimanche, mes sœurs faisaient toujours la grasse matinée. Ce jour-là, Eliza s'est levée la première pour aller prendre sa douche dans la salle de bain. En tant qu'aînée, elle avait la priorité. Quelques instants plus tard, Beth et Alice se sont lancées dans une des disputes dont elles avaient le secret. J'essayais de ne pas y prêter attention, quand j'ai fini par comprendre de quoi elles parlaient. Là, je me suis levé d'un coup. J'avais du mal à en croire mes oreilles.

– Tu les as volées dans mon tiroir ! hurlait Beth. Tu as volé mes lunettes !

– Pff, lui a répondu Alice. Qu'est-ce que tu voudrais que je fasse de ces lunettes ridicules ?

Et elle a quitté la pièce en claquant la porte. J'ai remarqué que, pour une raison inexplicable, une taie d'oreiller était enroulée autour de son poignet gauche.

Avait-elle vraiment volé les lunettes ? Cette paire de Lunettes Parfaites faisait partie intégrante de Beth. Ça aurait été comme voler le nom de quelqu'un, son âge, ou son histoire. J'ai regardé Kayla pour savoir ce qu'elle pensait de tout ça, mais elle dormait toujours. Dans ma famille, mieux vaut ne pas avoir le sommeil trop léger.

Beth s'est écroulée sur son lit de camp. Elle regardait fixement sa main, comme si elle s'attendait à y voir apparaître des taches de rousseur.

Je me suis approché d'elle et lui ai demandé :

– Elle t'a vraiment volé tes lunettes ?

– Pendant que je dormais.

Des larmes coulaient sur son visage. Mes sœurs avaient beau me rendre fou parfois, j'avais horreur de les voir pleurer. Alors j'ai essayé de la réconforter comme je pouvais.

– Ne pleure pas, sœurette.

Mais, bien sûr, ça n'a servi à rien. Alors j'ai essayé le bon vieux :

– Ça va aller.

– Bien sûr que non ! a-t-elle répondu. Je vais me *transformer* en... je ne sais même pas en quoi ! Ça a déjà commencé, je le sens.

– Écoute, ce serait si grave que tu ne ressembles pas *exactement* à Eliza ? Vous n'êtes pas si jolies, après tout...

Aïe, j'ai bien peur que réconforter les gens soit beaucoup plus dur que je ne le pensais !

– Ce n'est pas qu'une question d'apparence, Hap. Je vais devenir quelqu'un d'autre, tu comprends ? Je ne me rappelle pas *qui j'étais* avant d'avoir ces lunettes. Peut-être que je n'étais même pas sa jumelle.

– Hein ? Mais bien sûr que si, vous êtes jumelles. Bon, tu auras des taches de rousseur. Et alors ?

– Et si ce n'était pas seulement des taches de rousseur ? Et si je me transformais en rat de laboratoire à pois ou je ne sais pas quoi ?

– Ne dis pas de bêtises... Un rat ? Impossible ! Grand-mère est formellement opposée aux expériences sur les animaux. Elle n'en fait que sur ses petits-enfants.

Mais Beth gardait les yeux rivés sur ses mains, comme si elle s'attendait à les voir se transformer en petites pattes griffues d'un instant à l'autre. J'ai essayé de me mettre à sa place. Et si un matin je me regardais dans la glace et que j'y découvrais un étranger complet ? C'était une pensée terrifiante !

– On devrait être alliés, Beth, lui ai-je dit. Contre Alice. Comme ça, on retrouve tes lunettes, on retrouve ma télé et on retrouve le lézard. La totale. En faisant équipe, on arrivera à comprendre... – et là, j'ai parlé tout bas – comment elle fait.

Beth a regardé nerveusement autour d'elle. Je venais de soulever un sujet dangereux : la manière dont Alice s'y prenait, les détails de l'expérience, des secrets jalousement gardés, aussi bien par Alice que par grand-mère.

– OK, m'a soufflé Beth, un éclair résolu dans les yeux, ça marche. Dis-moi ce que tu sais, et je te dirai ce que je sais.

– Je crois qu'Alice cache tout ce qu'elle vole dans son poudrier argenté.

– Oui, bon, ça fait des années qu'Eliza et moi on a compris ça. La question, ce n'est pas où, mais comment. C'est quoi, son truc ? Comment fait-elle pour cacher autant de choses dans une chose aussi petite ?

– Pour le découvrir, ai-je murmuré, il faut savoir ce qui lui est arrivé. Ce que grand-mère lui a fait. Quel produit a-t-elle testé sur Alice ?

– Je ne sais pas.

La voix de Beth était à peine audible désormais.

– Mais je sais où on peut le découvrir. Tu as déjà entendu parler de la chambre noire ?

– Non, c'est quoi ?

– C'est l'endroit où grand-mère cache tous les secrets qu'elle ne veut pas que le FBI découvre. Tout ce qui concerne Alice y est enfermé.

– Et comment on entre dans la cha...

– Ça suffit ! a hurlé une voix furieuse.

C'était Kayla. Elle se dirigeait vers nous à grands pas.

– Vous n'êtes même pas censés parler de cet endroit. C'est trop dangereux.

– Kayla ! ai-je dit. Tu peux nous aider !

– Oui, a ajouté Beth. Tu es au courant de tout. Aide-moi à retrouver mes lunettes.

Kayla a gratté son bandeau jaune, celui qui n'avait jamais quitté sa tête depuis le jour où grand-mère avait testé la Télécommande à Bébé sur elle.

Le casque de la Télécommande à Bébé était conçu pour envoyer par texto les moindres pensées des enfants sur les smartphones de leurs parents, leur permettant ainsi d'anticiper tous les mouvements des bambins. Tout du moins, c'est ce qui était *censé* se passer. Sauf qu'il y a eu un énorme problème avec le prototype de papa. Au lieu de donner un bébé prévisible, l'expérience a donné Kayla, le bébé qui pouvait tout prévoir.

À neuf ans, Kayla était capable de répondre à pratiquement toutes les questions que je me posais. Elle connaissait tous les secrets d'Alice. Pourtant, malgré nos supplications, elle avait toujours refusé de les partager avec nous.

– Allez, Kayla ! insistait Beth. Elle a volé mes lunettes, ce coup-ci.

J'en ai remis une couche :

– On va le faire, Kayla. Avec ou sans toi.

– Vous ne comprenez pas à quel point la chambre noire est dangereuse, nous a-t-elle répondu en massant son bandeau au niveau de la tempe. Rien que d'en parler, c'est dangereux. Ça pourrait très mal tourner.

– Comment ça pourrait être pire ?! Je rate mon émission de télé, et Beth se transforme en rat !

– Tu ne te transformes pas en rat, Beth, a corrigé Kayla. Pas au sens propre, en tout cas.

– De quel côté es-tu ? lui a demandé Beth. Tu te rends compte de ce qui se passe ? Alice a volé mes lunettes !

– Elle les a prises, c'est vrai, a répondu Kayla, en regardant par-dessus notre épaule. Mais elle n'a pas fait exprès.

– Ne la défends pas, cria Beth. C'est une voleuse !

– Oui, ai-je ajouté. Tu devrais défendre les victimes, pas les criminels.

– Je sais, a admis Kayla, en hochant la tête.

– Alors aide-nous, a insisté Beth.

– Je ne peux pas, a bredouillé Kayla.

– Pourquoi ?! avons-nous crié tous les deux en même temps.

– À cause... d'Alphonso.

En entendant ce nom, Beth a levé les yeux au ciel, et je me suis pris la tête à deux mains.

– Pitié, pas encore lui ! s'est lamentée Beth.

– Avec toi, Kayla, c'est toujours Alphonso par-ci, Alphonso par-là. Alphonso-Alphonso-Alphonso, ai-je ajouté.

J'imagine que tu dois te demander : « C'est quoi, cette histoire d'Alphonso ? »

7

Alphonso le bourdon

Alphonso était un bourdon imaginaire. Mais Kayla essayait à tout prix de nous persuader qu'il était bien réel :

Il n'est pas imaginaire. Tout le monde peut le voir, l'entendre et le sentir en permanence.
Moi, je ne le vois pas.
Bien sûr que si. C'est juste que tu ne le connais pas personnellement. Alors tu l'appelles par un autre nom : « le présent » ou « maintenant ». Et sa ruche, c'est ce que tu appelles « le temps ».
Donc, tu vois Alphonso mais aussi sa ruche ?!
Oui, tout le temps. Alphonso navigue à travers la ruche infinie du temps. Chaque alvéole est un passé possible ou un futur possible, contenant des millions d'autres alvéoles, qui en contiennent chacune des millions d'autres...
ALPHONSO
Le passé
Le futur
FUTURS POSSIBLES

Arrête, j'ai le cerveau en surchauffe ! Comment sais-tu dans quelle alvéole Alphonso va passer?
Je le lui demande. Il me répond « oui » ou « non ». Alors parfois mes propres actions peuvent changer son plan de vol pour ici et maintenant, mais en général c'est impossible.
Eh bien, ça soulève plein de questions en tout cas.
Oui, un nombre infini de questions concernant un nombre infini de futurs, chacun dans sa propre alvéole...
Si j'avais le temps, je pourrais toutes les percevoir.
Mais je ne peux l'interroger que sur quelques millions d'alvéoles par seconde.
t pour ça que mes
cités de prédiction sont
mitées.
Alphonso ne répond qu'aux questions que je lui pose.
AAAAAAAAH !

Je n'y comprenais rien. La seule chose que je savais, c'est qu'Alphonso le bourdon me filait le bourdon. Mais il fallait bien admettre qu'il fournissait de *vraies* informations à Kayla. Des infos top niveau sur des futurs et des passés inconnaissables. Parfois, c'était cool. Comme quand Kayla avait réparé ma télé. Ou qu'elle avait prédit qu'il allait neiger et donc que je n'étais pas obligé de faire mes devoirs. Mais d'autres fois, c'était de gros nuages qui s'annonçaient à l'horizon. Et ce matin-là, c'était carrément une tempête.

Beth a soupiré :

– Qu'est-ce que cet imbécile de bourdon t'a encore dit ?

– Qu'aujourd'hui serait un jour très dangereux. Happy et toi, vous ne devriez même pas parler de la chambre noire. C'est le désastre assuré. Il faut que vous arrêtiez. Et si vous ne le faites pas, c'est moi qui vous arrêterai : je serai obligée de vous piéger.

– Mais c'est pas juste ! ai-je protesté.

– Alice a volé nos affaires, et on n'a le droit de rien faire ?! s'est offusquée Beth.

– C'est vrai que ce n'est pas juste, a admis Kayla, en grattant son bandeau. Mais attendez au moins la fin du petit-déjeuner, le temps qu'Alphonso et moi on trouve une solution.

– Tu as une demi-heure, a dit Beth en se levant. Après, j'entre dans la chambre noire.

– Si l'un de vous deux a l'intention de faire une chose pareille, vous savez que je serai obligée de le piéger.

– Et pourquoi ce n'est pas Alice que tu pièges ? ai-je demandé. Pour l'obliger à nous rendre nos affaires.

– J'y travaille. Mais ce n'est qu'une minuscule facette du problème auquel nous sommes confrontés. Il faut que je fasse rentrer maman. Rien de tout ça ne serait arrivé si elle était restée.

– Tu as raison, dis-je. Pourquoi elle met si longtemps, d'ailleurs ? C'est si compliqué que ça, le linge ?

Kayla a répété « C'est si compliqué que ça, le linge » avec cet air absent qu'elle avait dès qu'elle parlait à Alphonso. Quelques instants plus tard, elle a ouvert de grands yeux et ses joues sont devenues toutes rouges.

– Oh, non ! s'est-elle exclamée. Pourquoi n'ai-je pas vu ça plus tôt ?!

Elle est sortie de la chambre en courant. Et moi, je me demandais ce que le bourdon avait encore bien pu lui dire.

ENCORE UN EXEMPLE DE FAUX EXTRATERRESTRE DESSINÉ POUR FAIRE PEUR AUX LECTEURS QUI SE DEMANDENT EN TREMBLANT DEPUIS LE DÉBUT DE L'HISTOIRE À QUOI RESSEMBLERONT LES EXTRATERRESTRES.

8

Le grand inventeur

Bébé Lou m'a souri. Elle a tendu les mains vers moi pour que je la sorte de son parc. Comment voulez-vous que je résiste au plus mignon de tous les bébés ?

Je l'ai donc prise dans mes bras, je l'ai posée sur le comptoir et je lui ai préparé un bol de haricots blancs pour le petit-déj. Eliza, tout juste sortie de sa douche, était debout près de la cuisinière, vêtue de son sweat mauve. Elle a tendu les bras vers le bébé.

– Donne-la-moi. C'est mon jour de m'en occuper. C'est sur le Programme de Sécurité.

– Je lui donne à manger et je te la laisse.

– Comme tu veux, m'a-t-elle répondu en haussant les épaules, avant d'aller s'enfermer dans la chambre avec son bol de haricots.

Eliza aimait s'isoler dans la chambre dès qu'elle était vide. Je suppose que, dans ces moments-là, elle faisait comme si elle avait un endroit pour elle toute seule. Elle pouvait punaiser des posters de chevaux aux murs sans qu'Alice les vole dans la minute.

Alors que je donnais à manger à Bébé Lou assise sur mes genoux, j'ai remarqué que Kayla faisait les cent pas autour de la table, plongée dans une intense conversation silencieuse avec Alphonso.

Beth regardait Alice avec des couteaux dans les yeux. Et Alice faisait comme si de rien n'était.

Quant à papa, il était évident qu'il était resté

debout toute la nuit à se casser la tête sur sa nouvelle invention. Si maman avait été là, elle aurait peut-être pu le convaincre d'aller dormir un peu. Mais il devait absolument finir le Ouille la Hoop pour sa grande réunion hebdomadaire avec grand-mère.

Je salivais toujours à la pensée de ces réunions, parce que le chef de grand-mère préparait des cookies frais pour cette occasion, et papa pensait parfois à en fourrer quelques-uns dans sa poche pour moi.

Je jouais au jeu de la « tête de haricots » avec Bébé Lou : je lui mettais une bouchée de haricots dans la bouche, et, là, elle devait faire la tête la plus dégoûtante possible, qui, à chaque fois, me faisait mourir de rire. Ensuite, c'était mon tour. J'avalais une bouchée de haricots et je faisais la tête la plus dégoûtante possible, qui la faisait mourir de rire. C'est Bébé Lou qui avait inventé ce jeu. Elle avait ce talent extraordinaire pour transformer les pires moments de la vie – manger des haricots, par exemple – en moments hilarants. Je savais que maman lui manquait encore plus qu'à nous tous, et pourtant elle restait drôle et joyeuse. Ça me remontait le moral de passer du temps avec elle.

Papa avait l'air de souffrir plus que nous de l'absence de maman. Il ne ressemblait plus à rien : il avait l'air épuisé, crasseux, et super stressé à cause de sa réunion avec grand-mère – qui, il faut bien l'avouer, était horrible, surtout avec papa.

Je ne veux pas dire par là que la seule chose dont se souciait papa, c'était de faire plaisir à grand-mère. Il voulait aussi faire plaisir à maman et à ses enfants, et il se passionnait pour des questions scientifiques importantes. La quête d'une vie extraterrestre l'obsédait depuis l'enfance, tout comme les trous noirs, la matière sombre, la gravitation, et tous ces grands sujets bien prise de tête.

Mais papa avait besoin que grand-mère lui donne un but, qu'elle oriente son génie vers des choses pratiques dont les gens avaient besoin. Papa adorait la robotique, mais, sans grand-mère, il n'aurait jamais inventé l'Ami-Panini (à la fois votre meilleur copain et une machine à faire des sandwichs). Sans grand-mère, il aurait sans doute écrit plein d'articles importants sur la biologie et l'ADN, mais il n'aurait jamais créé le Chat qui ne fait pas caca, le Chewing-Gum qui se mâche tout seul, ou le Slip-Bonnet de bain. Et la liste est infinie.

Le fait que seule grand-mère profite de ses inventions et qu'on soit tous obligés de vivre pauvrement dans une cave ne le dérangeait apparemment pas du tout. Il était content de travailler, voilà tout.

Et c'est précisément ce que je voyais à ce moment-là : un air de profonde satisfaction sur son visage, alors qu'il avait entre les mains le Ouille la Hoop qu'il venait de terminer. Kayla aussi le regardait. Mais sans le moindre air de satisfaction. Elle avait plutôt l'air morte d'inquiétude. La peur avait rendu son visage tout blanc et figé.

– Papa ! s'est-elle écriée en pointant du doigt le Ouille la Hoop. À quoi va servir cette nouvelle invention ?

– Hmm, ma chérie ? a-t-il répondu en se tournant vers elle. Ah, ça ? C'est une petite chose que j'ai conçue pour M. Abernathy, du zoo municipal. C'est un collier pour bébé girafe. Vois-tu, beaucoup d'animaux se sont volatilisés ces derniers temps. Des familles entières. Tout le monde est consterné. La police est impuissante. Ta grand-mère pense que ce serait bien pour l'entreprise que nous résolvions le problème. La presse n'a pas été très tendre avec nous ces derniers temps. Ça permettrait de redorer notre image.

Papa s'animait en parlant du Ouille la Hoop. Il commençait à ressembler au Hap Conklin qu'on voyait à la télé.

– Des tigres, des panthères, des éléphants. Des familles entières disparues sans laisser de traces. Aucun signe d'effraction, pas d'empreintes, rien sur les vidéos de sécurité. Mystère. Même le chef de la police en perd son latin. Mais je crois que j'ai percé le mystère. Des familles *entières* disparaissent. C'est ça, la clé...

– Hmm, l'a interrompu Beth en regardant Alice avec insistance. Espérons que la police ne viendra pas arrêter *tous* les voleurs du quartier.

Alice a haussé les épaules en continuant à manger. Le simple fait qu'elle n'ait pas crié : « Qu'est-ce que tu voudrais que j'en fasse, de ces animaux pouilleux ?! » m'a convaincu qu'elle n'avait sans doute rien à voir avec tout ça. Mais alors qui pouvait bien voler des familles entières d'animaux du zoo ?

– Attends, papa, a dit Kayla. Tu as rendez-vous avec cet Abernathy *avant* la réunion avec grand-mère ?

– Oui, à 9 heures 30.

Il a regardé l'horloge, qui indiquait 9 heures 26.

– Oh, non ! Il doit déjà être au portail ! Et dire que je n'ai même pas encore fixé la batterie. Je n'y serai jamais !

– Ne t'inquiète pas, lui a dit Kayla. Hap et moi, on va aller l'accueillir à ta place. Comme ça, tu pourras finir de fixer la batterie.

– Vous feriez ça ? a répondu papa, avec un sourire soulagé.

– Pas de problème. On va le conduire à Crest Doors.

Je savais que Kayla mijotait quelque chose. J'espérais qu'avec l'aide d'Alphonso, elle avait trouvé le moyen de piéger Alice et de récupérer nos affaires.

– Allez, Hap, m'a-t-elle dit. Prends tes affaires. On monte au rez-de-chaussée.

J'ai d'abord conduit Bébé Lou dans la chambre pour la confier à Eliza, puis j'ai pris mon blazer et ma cravate, accrochés au portemanteau près de mon lit. Je devais toujours les mettre pour me rendre au rez-de-chaussée, car grand-mère tenait à ce que tout le monde porte une « tenue correcte ».

9

Le piège se referme

Kayla m'attendait dehors.

– Je vais te rendre ta télé. Mais d'abord je vais te demander de faire quelque chose pour moi : va accueillir M. Abernathy au portail et...

– Hé ho, pas seulement la télé. Squeep ! aussi ! Je veux mon lézard.

– Hmm, m'a-t-elle répondu en réfléchissant. OK, le lézard aussi. Mais il faut que tu fasses exactement ce que je te dis. Écoute, c'est très important...

Et elle a commencé à me donner une liste d'instructions. Mais je n'écoutais pas, car je m'imaginais déjà retournant triomphalement à l'école avec Squeep ! le lundi matin.

– Tu n'écoutes pas, m'a dit Kayla.

– Mais si ! D'ailleurs, c'est quoi, cette histoire d'Abernathy ? Je croyais que c'était Alice que tu devais piéger ?

– Euh... Oui. C'est une sorte dc... piège multiple. Ça ne se résume pas à Alice. La situation est explosive. Grand-mère est sur la défensive. Elle pense que l'étau se resserre autour d'elle, et elle n'a pas tort.

– Tu parles du FBI ?

– Entre autres, m'a répondu Kayla, en me lançant un regard qui en disait long. Grand-mère a fait entrer quelque chose chez nous. Pour se protéger. Une créature terrifiante, gardienne de ses secrets. Ne t'en approche pas, Hap. Ne t'approche pas de la chambre noire. C'est là que grand-mère l'a placée pour qu'elle protège ses secrets.

– Hé, je n'ai pas l'intention de m'approcher de cette chambre noire, ni d'aucune chambre de grand-mère, verte, bleue ou violette ! Tu me prends pour un fou ?!

– Tu dis ça maintenant, mais bientôt tu refuseras de m'écouter. Tu refuseras d'écouter la voix de la raison, Hap. Tu es en train de changer. Regarde, tu ne t'es pas rasé ce matin ! Tu n'obéis plus aux règles.

Je me suis passé la main sur le menton. Ma barbe était touffue.

– Ta famille compte pour toi, n'est-ce pas ? m'a demandé Kayla.

– Bien sûr !

– Mais tu penses que tu serais plus heureux sans nous.

– Je SAIS que je serais plus heureux sans vous !

– Sans nous, tu ne serais plus toi-même.

– Ce qui me rendrait encore plus heureux.

Ma réponse a fait réfléchir Kayla.

– Écoute, lui ai-je dit. Dis-moi juste ce que je dois faire pour récupérer mes affaires. Je dois aller accueillir ce monsieur du zoo, et... ?

– M. Abernathy, oui. Va l'accueillir au portail. Dis-lui que tu vas le conduire à papa. Mais ne passe pas par l'allée principale. Fais-lui prendre un détour, par le jardin. Arrête-toi au portail en fer, et envoie-le à Crest Doors, où papa l'attendra. Mais attention : tu NE DOIS PAS le suivre hors du jardin. Contente-toi de le regarder à travers les barreaux du portail en fer. À travers les barreaux. Ne le quitte pas des yeux. Je te retrouverai là-bas. Compris ?

– Compris, ai-je répondu, pas très sûr d'avoir retenu quoi que ce soit.

– Bien. Maintenant, il faut que j'aie une petite conversation avec Alice.

Kayla a tourné les talons et est partie en courant.

– Et n'oublie pas Squeep !, lui ai-je crié.

J'ai longé dare-dare la façade sud du manoir, en boutonnant soigneusement ma veste gris foncé.

Le parc Conklin offrait vraiment un panorama magnifique. À chaque fois, j'étais ébloui par la vue. Des allées arborées parfaitement rectilignes s'entrecroisaient au milieu de jardins géométriques, où chaque détail – chaque fleur, chaque feuille, chaque brin – était en parfaite harmonie avec l'architecture d'ensemble imaginée par grand-mère.

J'ai dévalé la grande allée, un large chemin bordé de vieux ifs en forme de cônes. J'ai pris à droite à la fontaine, et j'ai couru vers les arcades en granit du portail d'entrée.

Un gros homme vêtu d'une tenue de safari couleur sable venait d'entrer dans la propriété. Ça ne pouvait être que M. Abernathy, le monsieur du zoo. Il contemplait les beautés du parc Conklin d'un air émerveillé. Quand ses yeux sont tombés sur moi, il s'est étranglé et a laissé échapper un petit cri.

J'ai grimacé en réalisant à quel point je faisais tache dans le paysage. C'est pour ça que j'étais censé me raser. « Ah, c'est comme ça ?! me suis-je dit. Si M. Abernathy n'aime pas ma barbe, tant pis pour lui. Est-ce que moi j'appelle la police pour signaler sa petite moustache en forme de chenille, hein ! » Je lui ai lancé :

– Monsieur Abernathy ?

– Oui, euh... Euh, oui... Oui, euh.

– Oui en effeuh ? ai-je suggéré.

Je dis parfois des trucs bizarres, rien que pour voir comment les gens réagissent. Il a continué à bégayer :

– Euh... Euh.

J'ai alors pris ma plus belle voix de majordome pour lui dire :

– Veuillez me suivre, s'il vous plaît. Nous vous attendions.

Il a hésité, en me regardant comme s'il avait sous les yeux le repas qu'un de ses animaux venait de vomir. Alors que nous marchions côte à côte, il avait l'air de considérer ma présence à ses côtés comme une insulte personnelle. Mais je le lui rendais bien. Je savais qu'il m'avait pris pour une sorte de nain. Et alors ? Ce n'était pas une raison pour se montrer si impoli ! Je me suis dit qu'Abernathy devait être une sorte de fanatique anti-nain, et j'ai soudain eu furieusement envie de le jeter dans la mare.

Mais je me suis contenté de lui faire traverser le jardin comme Kayla m'avait dit.

J'essayais de faire poliment la conversation, mais il sursautait à chaque fois qu'il posait les yeux sur moi. Ce à quoi je répondais par des sourires... qui me venaient d'autant plus facilement que je l'imaginais tomber dans l'enclos des tigres.

– Vous êtes donc gardien de zoo ? lui ai-je demandé. Vous aimez les animaux et les petites bébêtes ?

– Euh, je suis le *directeur* du zoo du comté. Et, euh, oui, en effet, je trouve ça très gratifiant de...

– Passionnant ! l'ai-je interrompu. Jolie moustache, au fait. Petite, mais bien fournie. J'imagine que ça doit être également très gratifiant ?

– Euh...

– Génial ! Je vais vous laisser ici. Ce portail conduit à Crest Doors. M. Conklin vous y attend.

– Dieu merci, a-t-il murmuré en se faufilant à travers le portail.

– Bonne journée.

Après m'avoir gratifié d'une dernière grimace de dégoût, il s'est éloigné. J'ai regretté de ne pas l'avoir poussé dans la mare.

Kayla m'avait demandé de l'observer à travers les grilles. Même si le portail était presque entièrement recouvert de lierre, j'ai réussi à y dénicher un trou de la taille de mon corps. Je me suis dit que c'était par là que Kayla voulait que je jette un œil. J'ai collé mon visage entre deux barreaux glacés, et j'ai regardé Abernathy trottiner sur le gazon.

Mon père, qui n'avait pas lâché son Ouille la Hoop, se tenait devant Crest Doors à côté d'un jeune homme nommé Chip Ricky, l'assistant personnel de grand-mère. Maigre, bien habillé, avec une tête de bouledogue, Chip tenait entre ses mains un luxueux classeur en cuir. Alors que M. Abernathy se dirigeait vers eux, j'ai senti que quelque chose de très important était sur le point d'arriver.

Mais non... Papa et Chip ont serré la main de M. Abernathy, et ils sont rentrés dans la maison pour parler affaires. C'est tout.

Je me suis demandé : « On n'était pas censés piéger quelqu'un ? »

Quelques instants plus tard, Kayla a pointé son nez de l'autre côté des barreaux. Elle portait son sac à dos jaune et noir. Je lui ai dit :

– Tu viens de les louper. J'aurais dû retenir Abernathy plus longtemps ?

– Non. Tu as été parfait. Merci de ne pas l'avoir poussé dans la mare. Ça n'a pas dû être facile. Mais tu as fait le bon choix.

Quand ils s'intéressaient à quelque chose, rien n'échappait à Kayla et Alphonso.

– Où est Alice ? lui ai-je demandé.

– Elle a décidé de coopérer. Tu vas pouvoir récupérer ta télé. Et ton lézard, même si Alice s'est pas mal attachée à lui. Je lui ai aussi demandé de rendre quelque chose qui pourrait t'intéresser.

Elle a ouvert la fermeture éclair de son sac à dos.

– Hap, un agent du FBI nous a rendu visite hier. Alice lui a emprunté un truc. Je me suis dit que ça devrait te revenir. Tiens...

J'ai passé les deux mains à travers les barreaux pour attraper ce qu'elle me tendait.

Un objet argenté. J'ai éprouvé une sensation de froid sur mes poignets, au moment précis où j'entendais un double clic.

– Hé !

Mes mains étaient attachées de l'autre côté des barreaux par des menottes en acier. J'étais piégé.

– Désolée, Hap. Mais j'ai étudié tous les futurs possibles, et c'est le seul moyen de t'empêcher de péter les plombs.

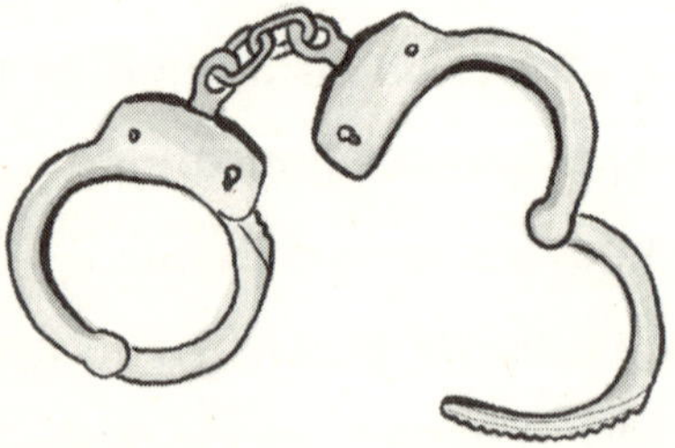

10

La dernière alvéole

En tirant sur mes menottes, j'ai hurlé :

– Je vais le tuer, ce bourdon !

– Ce n'est pas sa faute. C'est la mienne. Vraiment. J'aurais dû le voir venir. Mais les pièces du puzzle ne se sont assemblées que ce matin, quand tu as dit quelque chose au sujet de maman.

– Quoi ? De quoi tu parles ?

– Maman n'a rien à apprendre sur le linge, tu as raison. Grand-mère voulait juste se débarrasser d'elle quelque temps.

– Pourquoi ? lui ai-je demandé. Et pourquoi c'est moi que tu as piégé ?

– Parce que c'est le seul moyen de t'empêcher de faire irruption dans le manoir aujourd'hui. Mais peut-être que...

– N'importe quoi ! Je ne ferais jamais une chose pareille !

– Si. Aujourd'hui. Alphonso ne ment jamais. Mais peut-être que tu le feras sans provoquer la Dernière Alvéole.

– La quoi ?

– La Dernière Alvéole. Un futur possible, au-delà duquel je ne peux rien voir.

Kayla m'a alors décrit l'alvéole. Ça ressemblait à ça :

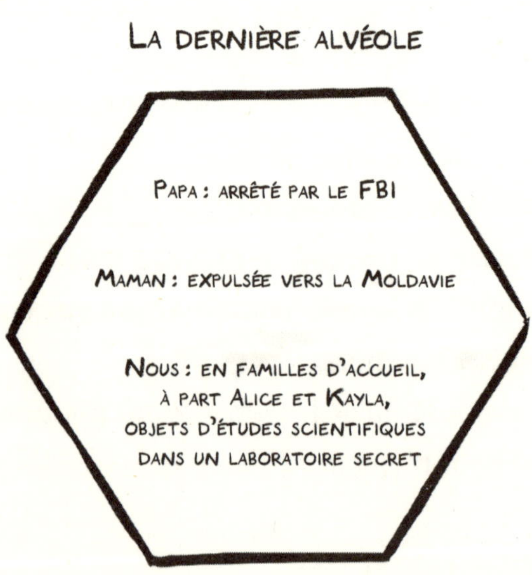

– C'est vrai que ça a l'air horrible, étais-je bien forcé d'admettre. Mais je ne vois pas comment je pourrais m'introduire dans le manoir et provoquer une catastrophe pareille.

– Et moi je ne vois pas comment tu pourrais NE PAS t'introduire dans le manoir et provoquer une catastrophe pareille. Mais peut-être que ça ne mènera pas à la Dernière Alvéole. Peut-être que si tu t'introduis dans le manoir avant midi...

– Qu'est-ce qui se passe à midi ?

Kayla a hésité. Comme si elle avait peur de me le dire.

– Aujourd'hui, à midi, a-t-elle fini par me répondre, au solarium du quatrième étage, grand-mère utilisera le Ouille la Hoop à l'insu de papa pour mener une expérience sur Bébé Lou et...

L'image s'est formée dans mon esprit avant que Kayla ne finisse sa phrase : grand-mère fixant le cerceau doré autour du cou de ma pauvre petite innocente et souriante Bébé Lou !

J'ai crié « Non ! » en tirant de toutes mes forces sur les menottes. Et, comme je ne parvenais pas à les casser, je me suis mis à secouer les barreaux en fer comme un forcené. Si grande était ma colère que j'étais prêt à arracher le portail, me ruer dans le manoir, foncer sur grand-mère et...

Kayla a attendu patiemment que je m'épuise à secouer les barreaux. Et finalement je lui ai dit :

– Pas Bébé Lou. C'est la seule personne normale de la famille... Et le Programme de Sécurité ? Il faut qu'on dise tout à papa et...

– Dire tout à papa mène à la Dernière Alvéole. Appeler la police mène à la Dernière Alvéole. Te raconter toute l'histoire sans t'attacher aurait mené à la Dernière Alvéole. Et si je n'avais rien fait du tout ? Tu t'en serais rendu compte cette après-midi, tu aurais fait irruption dans le manoir pour demander des comptes à grand-mère, et ça aurait mené à la Dernière Alvéole. Il n'y a qu'un seul moyen de changer le cours des choses, Hap. C'est notre seule chance.

– Explique-moi.

– À 11 heures 14, le Ouille la Hoop sera en possession de M. Abernathy au deuxième étage. À 11 heures 16, il le posera sur la table en marbre du Salon Azur, et le laissera quelques instants sans surveillance le temps d'aller faire pipi. Si le Hoop disparaît à ce moment-là, impossible de remonter jusqu'à nous. Grand-mère suspectera d'abord Abernathy, puis le FBI, mais nous, jamais. C'est notre seule chance d'empêcher les expériences sur Bébé Lou, *sans le moindre risque.*

– Alors, je vais le voler, ai-je dit. À 11 heures 16. La table en marbre. Le Salon Azur. Au deuxième étage. Je vole le Ouille la Hoop. Détache-moi. Je vais le faire. Enlève-moi ces trucs.

Mais Kayla a refusé de me détacher tant que je n'avais pas mémorisé tout un tas d'instructions. Il fallait que je marche, que je compte, que je tourne, que je coure et que j'attende. Voici à quoi ressemblait la séquence qu'elle avait prévue pour moi :

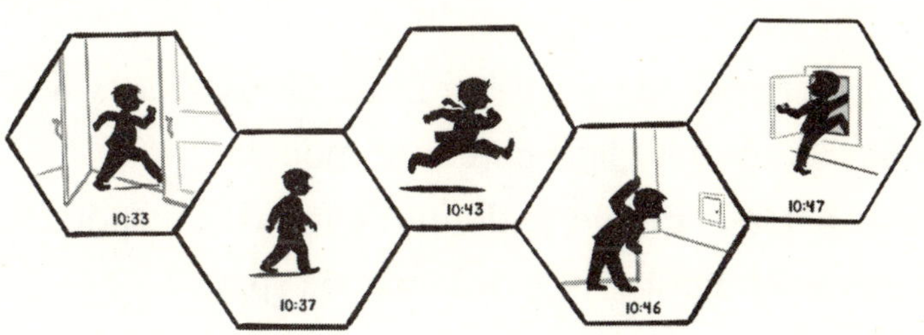

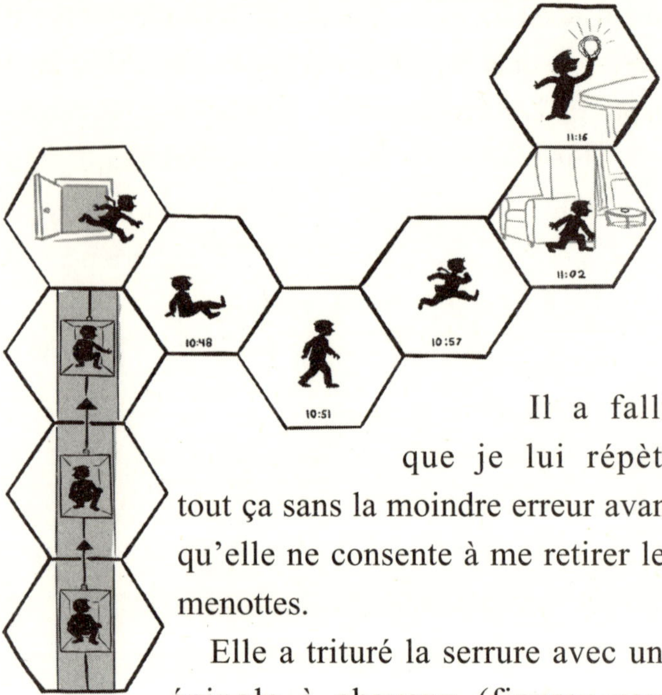

Il a fallu que je lui répète tout ça sans la moindre erreur avant qu'elle ne consente à me retirer les menottes.

Elle a trituré la serrure avec une épingle à cheveux (figurez-vous qu'elle n'avait pas la clé !) et elle les a ouvertes. Je l'ai rejointe de l'autre côté du portail.

En regardant en direction de Crest Doors, j'ai senti un frisson glacé parcourir mon dos.

– Attends que je te donne le top départ pour te mettre en marche, m'a ordonné ma sœur.

Mon estomac s'était alors mis à faire les montagnes russes. Et ma tête commençait à tourner.

– Allez. GO ! m’a dit Kayla. C’est parti. Marche !

Bizarre que, dans ses prédictions, elle ne m’ait pas vu en train de vomir.

DEUXIÈME PARTIE

COMMENT VENDRE SA FAMILLE AUX EXTRATERRESTRES

11

Le manoir

Alors que je me dirigeais vers Crest Doors, Kayla m'a accompagné sur un petit bout de chemin pour vérifier le timing de mes pas :

– Un-deux-trois, un-deux-trois. Voilà. Très bien, Hap. Sais-tu que c'est un rythme de valse ?

– Génial, ai-je marmonné, toujours aussi dépité.

– Le plus dur, ce sera la marche, m'a averti Kayla. Tu vas voir des trucs qui te donneront envie de te baisser, de te cacher, de prendre tes jambes à ton cou. Ne le fais surtout pas. Il y aura des gens partout. Tu auras l'impression d'être visible comme le nez au milieu de la figure, mais, tant que tu garderas le rythme, je te jure que personne ne te verra. Ne cours pas avant d'avoir franchi le tapis en peau d'ours. Si, pour une raison ou pour une autre, tu loupes une étape de la séquence, débrouille-toi pour être dans le Salon Azur à 11 heures 16, et récupère le Hoop.

– Attends, mais si je loupe une étape de la séquence, comment je saurai qu'il est 11 heures 16 ?

– C'est pour ça que je te donne ceci. Un dispositif d'urgence, m'a dit Kayla en tirant de son sac un objet en forme de demi-lune.

– C'est un taco ?

– Un Tic-Taco surgelé. Il te donnera l'heure en toutes circonstances.

– Houlà ! C'est glacé, ai-je dit en tournant dans tous les sens le taco dur comme de la pierre.

J'ai épousseté la couche de glace qui recouvrait le petit cadran.

– Tiens ? Il indique 4 heures 30.

– Il est cassé. Ces montres ne fonctionnent pas très bien.

– À quoi ça va me servir, alors ?

– À 11 heures 15, il aura suffisamment fondu pour que tu puisses tremper ton doigt dans le fromage et atteindre le steak cadran.

– Kayla... Je crois que c'est le plan le plus stupide que j'aie jamais entendu de ma vie.

– Ça va marcher ! Écoute, je dois y aller. Il ne faut pas que le livreur me voie. Souviens-toi : ne cours pas avant d'avoir atteint le tapis en peau d'ours. Et n'entre pas dans la chambre noire !

Sur ces mots, Kayla a filé vers l'ouest. J'ai glissé le Tic-Taco dans ma poche. J'ai senti son contact glacé sur ma cuisse. Quelques instants plus tard, un livreur, visiblement préoccupé, est sorti par l'une des portes de Crest Doors, qui s'est refermée lentement derrière lui. Il fallait que j'entre avant qu'elle ne se ferme complètement. Évidemment, j'avais envie de courir. Mais j'ai fait ce que Kayla m'avait dit : j'ai marché, en comptant « un-deux-trois » entre chaque pas.

Pour la première fois de ma vie, j'étais franchement heureux de voir l'horrible tapis en peau d'ours de grand-mère.

Je mourais d'envie de courir ! Après avoir enfin dépassé la queue de ce pauvre grizzly, j'ai foncé vitesse grand V. Selon la chronologie de Kayla, je pouvais courir jusqu'au Salon du Paon... même si je n'avais pas la moindre idée de ce que c'était.

J'ai donc couru à toutes jambes sur le marbre glissant comme une patinoire ; j'ai dépassé une cheminée de la taille d'un porte-avions ; puis deux domestiques occupées à astiquer des verres en cristal devant un miroir à dorures. « Ne ralentis pas. »

Moi qui avais peur de ne pas reconnaître le Salon du Paon, je me suis demandé comment j'aurais pu le rater ! La salle aux trésors ! À tel point que, sans le vouloir, j'ai arrêté de courir. Entre des murs scintillant tel le plumage bleuté d'un paon étaient entassés toutes sortes de trésors en or, en ivoire et en pierres précieuses. Les vastes fenêtres donnaient sur un splendide jardin vert jade. Les plantes reproduisaient si parfaitement les couleurs du paon que j'en avais des frissons.

Comment voulais-tu qu'on fasse le poids face à grand-mère ? Une dame qui utilisait de vraies plumes de paon en guise de papier peint ! Quelle mouche avait bien pu nous piquer ?

« Il faut sauver Bébé Lou », me suis-je répété. Et je me suis remis à courir. Cette merveilleuse petite fille méritait de vivre sa vie sans être transformée en cobaye comme moi. Sans avoir des nœuds dans la tête comme Alice, les jumelles ou Kayla. Bébé Lou, elle, avait encore une chance.

Je me suis remis en tête l'étape suivante de la chronologie de Kayla.

Dans un recoin de la pièce, j'ai découvert un garde-manger où était dissimulé un monte-plat, exactement comme Kayla me l'avait dit. Un monte-plat, au cas où tu n'en aurais pas chez toi, c'est un petit ascenseur à plats. Et c'était mon moyen de transport pour rejoindre le troisième étage.

J'ai ouvert la porte. Mais quelque chose clochait : la petite cage descendait, alors qu'elle était censée monter ! Est-ce que j'étais arrivé trop tard ? Trop tôt ? Que faire ? Monter quand même dedans ?

La cage avait déjà commencé à descendre. Alors j'ai sauté dessus. Je me suis agrippé au câble, perché en équilibre sur les petites barres transversales. J'ai réussi à refermer la porte au-dessus de moi, tandis que je m'enfonçais vers la cave.

Mes yeux se sont vite adaptés au noir complet. J'écoutais l'écho du ronflement du moteur. Et si je me retrouvais pris dans l'engrenage ? Il fallait que je descende de ces barres et que je trouve le moyen de pénétrer à l'intérieur du monte-plat. Mais, pour peu qu'il n'y ait pas assez de place pour se glisser entre la cage et le mur, je risquais de finir aplati comme une crêpe. J'ai d'abord essayé de passer une jambe...

Soudain, l'appareil s'est arrêté. La lumière s'est engouffrée par les portes qui s'ouvraient. Alors que je retirais ma jambe, j'ai vu apparaître le visage rond du chef Van Dop. Il a déposé des plateaux en argent à l'intérieur du monte-plat, en prenant soin de bien astiquer les bords. Cette odeur... ça m'est tombé dessus comme un camion : les cookies du samedi. Pour la réunion de papa et grand-mère. Les cookies ! *Tous les cookies.*

Le chef a refermé la porte, me laissant dans un sombre sauna d'arômes. Que des spécialités hollandaises : biscuits Jan Hagels à la noix de pécan, *gevuldes* au caramel, *stroopwafels* au beurre et au chocolat. Les plateaux étaient assez près pour que je les touche. C'était l'extase. Après des semaines de régime sec 100 % haricots blancs. L'engrenage a grincé, et je me suis senti monter. « Ne fais pas ça »,

me disais-je. Je savais que grand-mère remarquerait le moindre petit détail. « Ne fais pas ça. Sois fort. Pense à Bébé Lou. À Bébé Lou. »

J'ai fermé les yeux. Et je me suis senti en paix.

J'ai attrapé un *stroopwafel*, que j'ai englouti en une bouchée. Les petits flocons de chocolat brûlant étaient si délicieux que des larmes ont commencé à rouler sur mes joues.

– Maudite sois-tu, grand-mère, ai-je sangloté, en me léchant les doigts. Maudits soient tes *stroopwafels.*

Je m'apprêtais à en manger un autre, quand je me suis rendu compte que je passais devant une porte sur laquelle était dessiné un gros arbre. Le troisième étage ! J'ai poussé la porte et sauté tête la première. J'ai atterri un peu plus loin que prévu, sur un vieux tapis poussiéreux. Je me suis retrouvé au milieu de ce qui était probablement la seule pièce mal rangée du manoir. Personne n'y avait fait le ménage depuis au moins quinze ans.

Je me suis redressé, j'ai épousseté la poussière de ma veste, et j'ai regardé l'ancienne chambre de papa. Au milieu, il y avait un lit en forme de navette spatiale où était inscrit « Navette Conklin ». C'était la chambre d'un enfant obsédé par l'astronomie, l'espace et les extraterrestres. Des encyclopédies écornées ornaient les rayons de la bibliothèque, où était posée une photo de grand-mère avec papa, tout petit, dans les bras. Après avoir chassé papa de la maison, grand-mère avait décidé de condamner cette pièce, comme si elle ne se remettait pas d'avoir perdu le petit garçon qu'il avait été.

Je me suis rué hors de la chambre en refermant la porte derrière moi, mais je n'arrêtais pas de penser à grand-mère, à papa et à ses inventions. À quoi était censé servir le Ouille la Hoop, déjà ? La sécurité du zoo ? Un truc pour les girafes ? Pourquoi grand-mère allait-elle l'expérimenter sur Bébé Lou ? Qu'est-ce que ça risquait de lui faire ? Et où est-ce que je pouvais bien me trouver ?

Selon le plan de Kayla, j'aurais dû être dans le Vestibule de la Chartreuse. Mais tout ce que je voyais, c'était un couloir jaune. J'avais dû louper un tournant.

En face de moi, un homme au visage de bouledogue avançait d'un pas pressé dans le couloir, les yeux plongés dans un luxueux classeur en cuir. Chip Ricky ! L'assistant personnel de grand-mère.

Il y a quelque chose qui cloche !

Sans réfléchir, j'ai tourné les talons et je me suis mis à courir dans l'autre direction.

J'ai immédiatement senti la chronologie de Kayla voler en éclats. Pendant que je courais, j'imaginais qu'Alphonso le Bourdon me suivait dans de nouvelles alvéoles que Kayla n'avait jamais envisagées.

J'ai tourné à gauche et je me suis cogné dans un petit robot. Un Ami-Panini, le moule à paninis mobile. Je l'ai rattrapé juste à temps pour l'empêcher de basculer et de s'écraser dans un fracas catastrophique. Je l'ai remis bien droit sur les lames flexibles qui lui servaient de pieds, mais j'étais terrifié à l'idée qu'il se mette à faire *bip-bip* et à préparer des paninis. Heureusement, ses batteries avaient l'air vides.

J'ai posé une main sur mon cœur : il battait tellement fort que j'avais l'impression qu'il voulait sortir de ma poitrine !

Je me trouvais dans une sorte de cabinet en lambris de bois. Tout au bout de la pièce, il y avait une porte fermée avec une poignée noire. Et plus près de moi, un bureau.

J'ai ouvert de grands yeux en découvrant le nom inscrit sur la petite plaque : « Chip Ricky ».

J'étais coincé ! Je me suis retourné et j'ai jeté un œil dans le couloir : Chip Ricky se dirigeait tranquillement vers moi.

En essayant de faire demi-tour, je suis à nouveau tombé sur l'Ami-Panini. Cette fois-ci, il s'est renversé par terre dans un fracas vraiment catastrophique ! Impossible que Chip Ricky n'ait pas entendu ça.

J'ai foncé vers l'autre porte du cabinet. Elle était fermée, mais pas à clé. J'ai tourné la poignée noire.

Je me suis rué dans une pièce si sombre que je n'y voyais rien du tout.

« Mon Dieu, me suis-je dit, je suis dans une chambre noire. Est-ce que c'est LA chambre noire ? »

Je suis retourné vers la porte. C'est alors que Chip Ricky, horrifié de trouver la porte ouverte, s'est avancé dans le rai de lumière. Il s'est penché dans l'obscurité.

Il faisait trop noir pour qu'il me voie. Mais il n'essayait pas de voir. Il écoutait. Et moi aussi j'écoutais.

J'écoutais le bruit sourd du souffle d'un énorme animal – et, quand je dis « énorme », je veux dire VRAIMENT ÉNORME.

Les mots de Kayla ont résonné dans ma tête : « Grand-mère a fait entrer quelque chose chez nous. Une créature terrifiante, gardienne de ses secrets. Ne t'approche pas de la chambre noire. »

Chip Ricky semblait soulagé d'entendre la créature respirer. Au moins, elle ne s'était pas échappée.

Alors, il a refermé la porte.

Dans le noir complet, j'ai entendu la poignée faire *clic.*

12

La chambre noire

De l'obscurité émanait un parfum inquiétant : une odeur musquée de prédateur, comme au pavillon des reptiles du zoo, mais avec quelque chose de sucré et un peu écœurant, presque fruité. Je me retrouvais dans l'endroit précis où Kayla m'avait dit de ne jamais m'aventurer. J'étais non seulement entré dans la chambre noire, mais en plus j'y étais enfermé. Enfermé avec... Quel mot Kayla avait-elle employé ? Une *chose* que grand-mère avait postée là pour garder ses secrets.

Avec une respiration pareille, je me suis dit que ça devait être un brontosaure, ou en tout cas une créature d'une taille comparable. Alors que je tendais l'oreille dans le noir, j'ai quand même trouvé une raison de rester optimiste : la respiration du monstre était tellement posée et régulière qu'il devait être endormi. Peut-être que j'allais pouvoir sortir de là sans tomber nez à nez avec lui.

Même si mes yeux s'étaient habitués à l'obscurité, je ne voyais pas plus loin que le mur à un mètre de

moi. Je l'ai longé avec d'infinies précautions, espérant trouver une porte ouverte. Toutes sortes de publicités et de prototypes pour des inventions secrètes ou interdites étaient punaisées au mur : le genre de trucs que grand-mère n'avait pas envie de voir révélés au grand jour.

Sur l'une des affiches, mon père montrait un cylindre qui émettait de la lumière. Il y avait l'habituel logo Hap Conklin, mais le texte de la publicité était rédigé dans de drôles de caractères dansants en forme de gouttes, qui ne ressemblaient à aucun alphabet connu. À quoi servait ce cylindre-lampe-torche ? Et pourquoi je ne l'avais jamais vu ?

J'ai continué à longer le mur, attentif à la moindre modification dans la respiration du brontosaure. Je suis alors tombé sur une immense télévision à écran plat, surmontée d'une longue antenne dorée étrangement élaborée, qui ressemblait un peu à la tour Eiffel.

J'ai bien pris soin de ne pas toucher la télé. Mais elle devait être équipée d'une sorte de détecteur de mouvements qui l'allumait automatiquement quand on passait devant. Parce que, à ma grande terreur, elle s'est mise à émettre une lumière vive et un son assourdissant. J'ai passé ma main derrière pour essayer de trouver le bouton d'arrêt.

À l'écran, mon père parlait à l'intérieur d'un petit poudrier argenté, semblable à celui d'Alice. Mais oui, c'était une publicité pour le produit testé sur ma sœur ! Il y a une heure encore, j'aurais tout donné pour voir ça. Mais là, j'aurais tout donné pour éteindre cette télé. Mes doigts farfouillaient désespérément derrière le poste à la recherche de l'interrupteur.

Des problèmes de rangement ?
BOUM !
Mmm...
Je suis si désordonnée !
Et si vous me laissiez...
vous réordonner !
FFFFIOU !
L'ordonnateur portable de Hap Conklin... une solution à vos problèmes de rangement !
Tout l'espace que vous voulez...

DANS LA PAUME DE LA MAIN.
VOUMF !
INCROYABLE !
L'ORDONNATEUR EST SÛR À 100% GRÂCE À SON SYSTÈME D'IDENTIFICATION ADN.
JE SUIS LA SEULE À POUVOIR L'UTILISER !
ET IMPOSSIBLE DE LE PERDRE, DE SE LE FAIRE VOLER OU DE LE CASSER GRÂCE À SON OMNIPRÉSENCE PERSONNELLE PATENTÉE™
COMMENT ÇA ?
ALLEZ-Y, LANCEZ-LE DANS LE GRAND CANYON.
QUE... ? TOUJOURS LÀ ?!
FAITES-LE SAUTER À LA DYNAMITE
TOUJOURS LÀ !
JETEZ-LE DANS LE SOLEIL.
TOUJOURS LÀ !
MÊME SI JE VOUL M'EN DÉBARRASSER, SERAIT TOUJOURS L
IMPOSSIBLE

Mes doigts ont dû trouver la touche « muet » car le son s'est arrêté, même si les images ont continué à défiler. J'ai tendu l'oreille : je n'entendais plus la respiration régulière. J'ai compris que le monstre s'était réveillé.

Je me suis retourné. L'écran éclairait la moitié de la chambre noire, mais toujours pas de créature. J'ai cherché des yeux une issue. J'ai repéré une petite porte. Ça ressemblait à l'entrée d'un autre monte-plat, quelques mètres derrière un mur sombre au beau milieu de la pièce. Sauf que le mur sombre s'est mis à bouger.

Ce n'était pas un mur, mais quelque chose de tout aussi gros, tapi dans l'ombre.

L'odeur reptilienne musquée s'est faite de plus en plus forte. De même que l'arrière-goût sucré un peu écœurant. Un peu comme... de la lotion à la noix de coco ?! Très haut au-dessus de moi, un rire sourd a tonné dans l'obscurité.

Puis j'ai entendu un autre bruit. Un bruit si fort que j'ai dû me boucher les oreilles. Le pire bruit que j'aie jamais entendu. Pas vraiment un cri, mais quelque chose d'à la fois joyeux et diabolique. Une sorte de hurlement de joie.

Je me suis dit : « Non. C'est impossible. »

Deux longues bottes rouges de catcheur ont surgi de la pénombre. Suivies d'une culotte en peau d'alligator tombant sur des cuisses larges comme des troncs d'arbre. Puis d'un torse musclé semblable au pare-buffle d'un 4 × 4. Et enfin du visage, déformé par un rictus fou, de Florida Pete, l'homme le plus fort du monde.

– Impossible ! me suis-je écrié.

– Chouettos ! s'est exclamé Pete, en s'avançant vers moi. J'avais justement envie de zigouiller quelqu'un. T'es le deuxième gugusse du FBI que j'attrape en deux jours. Qui c'est qui va dire merci à ce bon vieux Pete ? La patronne !

– Non..., ai-je dit faiblement.

– T'inquiète, m'a rassuré Pete, en se penchant vers moi. T'auras pas le temps de souffrir.

C'est alors que mon instinct de survie (ou de peur) a pris le dessus. J'ai *tapé* Florida Pete ! Dans la jambe.

Un autre rire sourd s'est abattu sur moi tel un ouragan tropical.

– T'es pas fou, mon p'tit gars ? Tu veux te battre avec *moi* ? Je vais t'écrabouiller comme une crotte, mon poulet.

– Je ne suis pas un poulet.

– T'es du FBI, ça fait pas un pli. T'as la même tête que celui d'avant. C'est marrant... J'm'attendais pas à ce qu'on m'envoie encore un nabot.

– Un nain... Un nabot, c'est malpoli. Et de toute façon je ne suis pas un nain. Je suis...

– Quand même, m'envoyer des nabots, des nabots, encore et toujours des nabots... Je vais finir par croire qu'ils le font exprès.

– Des nains. Et je ne suis pas un nain. Je suis...

– Le gars avant toi, l'inspecteur Frank Segar, y s'est bien battu pour un nabot.

– Un nain.

– Voici tout ce qui reste de lui.

Pete m'a envoyé quelque chose, que j'ai attrapé sans réfléchir. Un petit portefeuille. À l'intérieur, il y avait un minuscule insigne. Je me suis senti mal à l'aise en découvrant la photo de l'agent du FBI que Pete disait avoir tué : une personne de petite taille, barbue, du nom de Frank Segar.

– Tu peux le garder, m'a dit Pete. J'ai balancé ce qui restait de lui dans l'incinérateur. Et tu vas connaître le même sort.

Quand Pete a tendu la main vers moi, j'ai hurlé :

– Un enfant ! Je suis un enfant avec une barbe !

Pete s'est figé. Son énorme visage enduit de lotion à la noix de coco s'est abaissé vers moi.

– Mmmm... Des nabots, j'en ai combattu plus d'un dans ma carrière...

– Des nains, l'ai-je corrigé.

– ... et tu ne ressembles pas à un nabot...

– À un « nain ». Ou « une personne de petite taille ».

– ... mais plutôt à un gamin avec une barbe.

– C'est ça ! me suis-je écrié. C'est ce que je suis, un gamin ! Avec une barbe ! Et la patronne, c'est ma grand-mère. Je m'appelle Happy Conklin Junior.

– Nom d'une clé de bras ! s'est exclamé Pete. Ton père est *le* Hap Conklin ! C'est mon héros. C'est grâce à ses pubs que je me suis mis au fitness. Il a révolutionné ma bon sang de vie !

– Vraiment ?

– Ouaip. J'ai été l'un des premiers clients des Abdo-Fesses. Vise-moi ça, m'a-t-il dit en soulevant sa culotte en peau d'alligator pour me montrer son collant correcteur en lycra.

Et, là, il a commencé à contracter les abdos de chacune de ses fesses en chantant :

– On contracte ! Gauche ! Droite ! Gauche ! Droite ! Boum ! Pow-pow ! Boum-boum !

– Ah... Je vois.

– Pow-pow-boum ! Boum-pow-pow !

– Très impressionnant. Heu, Pete ? Hum... ça vous ennuierait de me rendre un service ? Vous pouvez m'indiquer comment sortir de cette pièce ? Et si vous pouviez aussi éviter de dire que vous m'avez vu...

– Mmmm, a réfléchi Pete, en remontant ses jambières. On va couper la poire en deux, mon p'tit gars. J'dirai à personne que j't'ai vu, promis. Mais j'peux pas te laisser sortir de cette pièce vivant.

– Hein ? ai-je bredouillé. (Je voyais bien qu'il ne rigolait pas.) Pourquoi ? Pourquoi... me tuer ?

– Pas le choix, a dit Pete en avançant vers moi. Me battre et tuer, c'est ma nature profonde. J'essaie d'être un type bien, mais le mauvais en moi gagne toujours contre le bon. C'est même plus un combat loyal. Le seul truc sympa que je peux faire pour toi, c'est te zigouiller le plus vite possible.

– Attendez ! ai-je crié, alors qu'il avançait la main vers moi. Et mon père ? C'est votre héros ! Vous allez tuer l'unique fils de votre héros ?

Il s'est interrompu.

– Ton père est mon héros, c'est vrai. J'ai beaucoup de respect pour son travail et ses innovations. Et ça a dû être dur pour lui d'avoir un nabot pour fils.

– Un nain.

– Mais, si ton papa était devant moi en chair et en os, j'en ferais aussi de la bouillie pour bébé. Ça me fait mal aux abdos-fesses de l'admettre, mais j'ai le meurtre dans le sang. Je suis comme un ouragan dévastateur échappant à tout contrôle, y compris au mien. La seule personne capable de me contrôler, c'est la patronne.

– Grand-mère.

– Il n'y a qu'elle qui puisse m'empêcher de massacrer n'importe quel suicidaire qui oserait monter sur le ring. Elle m'a promis que, quand j'aurai gagné le titre suprême, elle me donnerait ma récompense. Une invention qui me délivrera de ma propre brutalité pour toujours.

« Bizarre, me suis-je dit. Florida Pete est champion du monde. Il a déjà gagné le titre suprême. » Mais son histoire de « récompense » m'avait quand même donné une idée. Si je pouvais lui offrir la chose qu'il désirait le plus au monde, peut-être qu'il m'épargnerait...

– Une récompense ? ai-je dit. Quelle récompense ?

– Trop compliqué à expliquer, m'a répondu Pete. Ce sera plus simple de te tuer.

Pete a lancé ses mains vers moi. J'ai fait une pirouette pour lui échapper, imitant l'un des pas de danse du Flamenco Masqué.

– Hé ! m'a crié Pete. T'arrêtes ça tout de suite, pigé ?

Il s'est mis à me courir après, en me donnant des coups de griffes, tel un tigre pourchassant un lapin. J'ai essayé de danser jusqu'à la petite porte que je pensais être un monte-plat. Mais Pete m'a rattrapé. Ses mains enserraient ma cage thoracique. J'avais l'impression d'être pris dans un étau. Soudain, le sol s'est dérobé sous mes pieds : Pete était en train de me soulever au-dessus de sa tête. Il a commencé à me plier en deux. Il s'apprêtait à exécuter son célèbre double plaquage suplex, qui brise la colonne vertébrale de l'adversaire comme du fil dentaire.

– Attends ! s'est-il écrié tout à coup. Regarde. C'est ÇA ! Là !

Il m'a redescendu lentement, tout en me montrant la télé silencieuse que j'avais allumée un peu plus tôt.

– C'est ma récompense ! s'est-il exclamé en me portant jusqu'à la télévision, qui diffusait une vieille publicité pour les Lunettes Parfaites de Hap Conklin.

Les images devaient être antérieures à l'implication du FBI dans ce projet.

– Votre récompense, ce sont ces lunettes ?

Il a joyeusement hoché la tête.

La publicité montrait tout un tas de pauvres types sans charme enfiler les lunettes et regarder des individus splendides, au corps parfait, genre mannequins. Dans un flash de lumière verte, les pauvres types devenaient aussi sculpturaux que les mannequins. Au début, les seconds avaient l'air un peu fâchés que les premiers leur aient volé leur identité, mais ensuite, ils faisaient ami-ami et se mettaient à faire le genre de trucs fun que font les gens dans les vieilles pubs pour les chewing-gums.

Je me suis souvenu qu'hier encore, je rêvais de posséder une paire de Lunettes Parfaites pour avoir le même corps que Florida Pete.

– Pete. Il faut que je vous demande... Qui comptez-vous regarder avec ces lunettes ? En qui voulez-vous vous transformer ?

Un sourire mélancolique s'est dessiné sur son visage.

– En quelqu'un qui me libérerait de ma nature violente. En quelqu'un de doux, gentil et aimant, capable de vivre cent cinquante ans sans jamais faire de mal à une mouche. Ouaip, t'as pigé. En jolie tortue de mer.

– Quoi ? Vraiment ? Vous voulez être une tortue ?

– Une jolie *tortue de mer* ! Et vivre cent cinquante ans !

Pete s'est mis à pousser des cris de joie.

– Mais vous n'auriez plus de mains, lui ai-je fait remarquer.

– J'aurais des nageoires à la place.

– Mais... Vous avez vraiment pensé à tout ça, Pete ? Vous ne pourriez plus marcher debout !

– Je pourrais nager et manger des éponges.

– Mais vous pouvez déjà le faire !

– C'est pas pareil, mon p'tit gars. Pete la tortue de mer ne toucherait jamais un cheveu d'un bon p'tit gars comme toi. Alors que Pete l'homme s'apprête à te briser le cou.

– Attendez, me suis-je écrié, sentant que c'était ma dernière chance. Si ce sont des Lunettes Parfaites que vous voulez, j'en ai une paire sur moi.

– SUR TOI ?! s'est étranglé Pete.

– Là, dans ma poche. Sauf si vous les écrabouillez avec vos grosses paluches.

Horrifié, Pete a relâché sa prise et m'a reposé par terre.

– Je les ai là..., lui ai-je dit en fouillant dans mes poches.

Si j'ai bien un talent, c'est de fouiller dans mes poches en faisant semblant de chercher quelque chose que je n'ai pas. Malheureusement, ce petit manège finit fatalement par éveiller les soupçons au bout d'un certain temps.

– Ah, voilà... Non, attendez... Je crois qu'elles sont là... Non, attendez... Mmm. Ah, les voilà ! Regardez ! me suis-je écrié en sortant le Tic-Taco glacé de ma poche.

– Tenez ! lui ai-je dit, en lançant le Tic-Taco entre ses jambes dans le noir derrière lui.

Pete a fait un tour sur lui-même et s'est mis à courir après le Tic-Taco.

Et moi, j'ai couru dans l'autre sens vers la porte du monte-plat.

J'ai entendu Pete m'appeler. Trop tard. J'avais déjà ouvert la petite porte. J'ai plongé dans le conduit obscur, en essayant d'attraper le câble de l'ascenseur de mes deux mains.

Une fraction de seconde plus tard, j'avais réalisé plusieurs choses en même temps :

Il n'y avait pas de câble, parce que le monte-plat n'était pas un monte-plat. C'était un conduit qui donnait sur des flammes, douze mètres plus bas. C'est là que j'ai repensé aux mots de Pete : « J'ai balancé ce qui restait de lui dans l'incinérateur. » Grand-mère avait équipé sa chambre secrète d'un appareil destiné à se débarrasser des éléments compromettants en cas d'urgence : un incinérateur.

Et j'étais en train de tomber droit dedans.

13

À cheval donné

Je tombais en chute libre vers une forme noire qui se détachait au-dessus des flammes. J'ai tendu les bras instinctivement pour me protéger le visage. *Tchack !* J'ai senti que les paumes de mes mains tapaient violemment dans quelque chose. J'ai refermé les doigts dessus, et je m'y suis accroché.

J'étais suspendu à une longue bande de métal, un morceau du conduit, qui pendouillait comme une peau de banane. À la lumière du brasier au-dessous de moi, j'ai vu que quelque chose avait éventré le conduit. Quelque chose ou plutôt quelqu'un... Car tout autour de l'ouverture il y avait de petites traces de mains. Des traces de sang séché.

Je me suis souvenu de ce qu'avait dit Pete au sujet de l'agent du FBI : « il s'est bien battu »... Il s'était tellement bien battu qu'il avait même réussi à ouvrir le conduit et à s'échapper.

Ce trou sombre n'était pas très rassurant, mais il était tout de même plus attirant que le brasier sous mes pieds. Je me suis hissé sur le bout de métal, une main après l'autre, et je suis parvenu à ramper dans le trou. Je me suis redressé et j'ai commencé à avancer en crabe le long de l'étroit passage entre les deux murs.

Pour une fois, j'étais content d'être une telle crevette. Le passage aurait été trop étroit pour un adulte « normal », mais pas pour – comment Pete avait dit qu'il s'appelait, déjà ? – l'inspecteur Frank Segar. Je me suis rendu compte que j'avais toujours son portefeuille. J'ai remercié silencieusement l'inspecteur de m'avoir fait cadeau de cette issue de secours. C'est alors que j'ai réalisé que je pouvais tout à fait tomber sur l'agent du FBI, blessé, quelque part dans le noir. Une pensée pas très rassurante...

J'ai vu de la lumière à mi-hauteur devant moi. En me rapprochant, j'ai entendu quelque chose... des notes de guitare classique. La lueur provenait d'un battant fixé au mur, un peu comme celui d'une boîte aux lettres. Je l'ai soulevé. Deux rayons jaunes perçaient l'obscurité. Ils provenaient de deux petits trous séparés de quelques centimètres. Sans réfléchir, j'ai mis les miens dans les deux ouvertures, et j'ai regardé.

J'en suis resté bouche bée d'horreur. Grand-mère se tenait en équilibre sur une jambe au beau milieu d'une ravissante chambre couleur lavande. Vêtue d'une combinaison de sport noir et rouge, elle était visiblement en pleine séance d'exercices du genre tai chi.

En jetant un œil dans la pièce, j'ai remarqué une vieille horloge qui indiquait 11 heures 00.

Il ne me restait que quinze minutes pour me rendre au Salon Azur et voler le Ouille la Hoop. Mais la présence de grand-mère à seulement quelques pas de moi me paralysait. Je n'arrivais même plus à respirer.

La vue depuis une magnifique baie vitrée laissait penser qu'on était au premier étage. La chambre de grand-mère était pourtant au troisième.

C'était peut-être sa *deuxième* chambre ? Non, décidément, cette chambre ne pouvait pas être la sienne : elle respirait trop l'innocence, elle était trop gnangnan, avec ces teintes lavande et pêche, cet immense lit de princesse surmonté d'un baldaquin en soie, cette photo d'étalons blancs traversant une rivière au galop dans un cadre accroché au mur.

Les bras de grand-mère s'entrelaçaient gracieusement au-dessus de sa tête, ses doigts traçaient des motifs délicats dans les airs. Même si je ne reconnaissais pas l'art martial ou la danse à laquelle elle se livrait, ses mouvements avaient quelque chose de familier. En particulier quand elle claquait des doigts.

Soudain, j'ai entendu un gros *boum boum* sur la porte. J'ai failli faire une crise cardiaque ! Grand-mère a claqué deux fois dans ses mains au-dessus de sa tête, puis tapé une fois du pied. La musique s'est arrêtée sur commande.

– Entrez, monsieur Ricky, a dit grand-mère.

Chip Ricky s'est avancé dans la pièce, son classeur en cuir dans les mains, et s'est incliné.

– Madame Conklin, a-t-il dit, j'ai fait venir celles que vous vouliez voir.

– Faites-les entrer et laissez-nous, lui a dit grand-mère, en le congédiant d'un geste las.

Chip Ricky est sorti. Et qui est entré à sa place ? L'une des jumelles !

J'ai tout de suite su que c'était Eliza. D'abord à cause de ce qu'elle avait sur le dos : le sweat mauve qu'elle portait déjà ce matin. Ensuite, à cause de ce qu'elle avait dans les bras : Bébé Lou. Selon le Programme de Sécurité, c'était toujours son jour de s'occuper d'elle.

Eliza, visiblement abasourdie et terrorisée, évitait le regard de grand-mère. Bébé Lou jetait des yeux émerveillés sur les décorations tout autour d'elle, en poussant des *Oh* et des *Ah*. En apercevant grand-mère, elle lui a fait un grand sourire aimant, un sourire d'une innocence absolue, le sourire d'un enfant qui ne sait encore rien du Mal qui existe sur cette Terre.

« Fais quelque chose ! » me suis-je crié à moi-même. Mais quoi ?

« Suis le plan de Kayla. Va au Salon Azur. Vole le Ouille la Hoop. » J'ai à nouveau jeté un œil à la vieille horloge. Elle indiquait toujours 11 heures ! Pourquoi ne bougeait-elle pas ? Et pourquoi, moi, *je* ne bougeais pas ? Je ne parvenais pas à détacher mes yeux d'Eliza, qui se dirigeait vers grand-mère avec Bébé Lou dans les bras.

– Ma chère Eliza, lui a dit grand-mère avec un sourire. Comme c'est gentil d'être venue. Oh, et regardez-moi ce petit ange !

Grand-mère a tendu les mains vers Bébé Lou, mais Eliza a fait un pas en arrière.

– Non ! a-t-elle dit. Désolée... je veux dire, euh, aujourd'hui, c'est moi qui m'en occupe.

Un voile d'irritation est passé sur le visage de grand-mère, vite remplacé par un sourire forcé.

– Bien sûr. Je comprends tout à fait.

– Euh..., a repris Eliza. Pourquoi vouliez-vous me voir, grand-mère ?

– Pour avoir ton opinion. Il y a une chose que j'ai remarquée chez toi : tu as très bon goût. Je le vois à ta façon de t'habiller. Tu as l'œil. J'aimerais donc avoir ton opinion à ce sujet. Entre femmes de goût.

– À quel sujet ?

– Au sujet de cette chambre, évidemment. Qu'en penses-tu ? Ton impression générale ?

– C'est... absolument... parfait, lui a répondu Eliza.

– Tu vois, je savais que tu avais bon goût. Cet endroit est si agréable, si paisible. La vue est peut-être la plus belle du manoir, après celle du solarium. Ce lit à baldaquin appartenait au propriétaire d'origine. Tout comme le bureau...

Et, là, j'ai vu, horrifié, grand-mère se retourner vers moi et agiter les mains si près de mon nez que j'ai senti un courant d'air passer sur mes yeux.

– ... ainsi que ce charmant portrait à la peinture à l'huile de Man o'War, le plus célèbre cheval de course de l'histoire.

Eliza a levé les yeux vers moi. Les peintures de chevaux ne clignent pas les yeux. J'ai donc essayé de ne pas le faire non plus.

– Wahou ! s'est-elle exclamée. Il a l'air si... vivant.

– En effet, lui a répondu grand-mère. Et il y a aussi ces remarquables tapis persans.

– C'est magnifique.

– Je suis ravie que l'on soit d'accord. Je me suis souvent dit que cela ne devait pas être simple d'avoir une jumelle et de devoir tout partager, y compris sa chambre. Voici pourquoi j'aimerais t'offrir cette chambre en cadeau.

Eliza a ouvert de grands yeux. J'ai cru qu'elle allait s'évanouir. Son vœu le plus cher venait d'être exaucé.

– Tu pourras te déplacer dans le manoir à ta guise, a ajouté grand-mère. Profiter des services de notre excellent personnel et de la cuisine. Le chef Van Dop est l'un des meilleurs au monde.

– Vraiment ? lui a répondu Eliza, sans parvenir à réprimer un halètement et un sourire. Merci, grand-mère. Merci beaucoup.

– Bien évidemment, ma chérie, il faut d'abord que tu me rendes un menu service. Un minuscule service, mais dont tu ne dois parler à personne, pas même à tes parents. Tout ce qu'il me faut, c'est une petite heure en tête à tête pour faire un peu mieux connaissance avec notre adorable Bébé Lou. Cela te laissera le temps de t'habituer à toutes tes nouvelles choses.

– Bapy, a gazouillé une petite voix.

Bébé Lou me regardait droit dans les yeux.

– Bapy, a-t-elle répété.

– Qu'est-ce qu'elle dit ? a demandé grand-mère.

Alors que Bébé Lou levait le bras pour me montrer du doigt, j'ai rabattu le battant et reculé dans la pénombre.

Je me suis dit : *Cours.*

Mais j'ai d'abord fait quelques pas de côté sans un bruit, jusqu'à ce que je n'entende plus les voix dans la chambre. Et, là, je me suis mis à courir – ou plus exactement à courir de côté, dans une sorte de galop, en fait – le long de l'étroit passage serpentant entre les murs du manoir Conklin.

Je n'arrêtais pas de me répéter : « File au deuxième étage. » Le Salon Azur. Le Ouille la Hoop. Peut-être que ce n'était pas trop tard.

Au bout d'une trentaine de mètres, ma cuisse a heurté quelque chose, et mon corps a basculé en pleine lumière. J'ai dégringolé hors du placard à balais, directement sur un palier du premier étage.

J'ai bondi sur mes pieds, et j'ai grimpé les escaliers quatre à quatre jusqu'au deuxième étage. Je me retrouvais de nouveau dans le couloir jaune où j'avais rencontré Chip Ricky. Je l'ai traversé à toute vitesse. Si vite que même le vrai Man o'War n'aurait sans doute pas réussi à me rattraper.

Je suis enfin arrivé en vue du Salon Azur. J'ai traversé un tapis bleu et marché jusqu'à la table en marbre où le Hoop était censé se trouver, selon Kayla.

La table était vide.

Derrière moi, j'ai entendu quelqu'un s'éclaircir la gorge.

J'ai fait volte-face, et je suis tombé nez à nez avec M. Abernathy, le gardien de zoo. Il m'observait en fronçant les sourcils, assis dans un fauteuil bleu à côté d'une cheminée carrelée de bleu. Il serrait nerveusement quelque chose dans sa poche.

14

Le gardien de zoo

– Ah, monsieur Abernathy, ai-je dit, le plus cérémonieusement possible. Mme Conklin m'a envoyé ici pour... euh... m'assurer que vous n'aviez besoin de rien. Concernant un éventuel rafraîchissement, par exemple ?

– C'est faux, m'a répondu M. Abernathy, la mine renfrognée.

– Oh... Si, je vous assure.

– Vous êtes qui, alors ? Le majordome ? Dans ce cas-là, où est l'étiquette avec votre nom ?

– La quoi ?

– Ici, tous les membres du personnel portent des étiquettes avec leur nom dessus. Tous, sauf vous.

M. Abernathy s'est levé.

– Ah, ai-je dit. Simple négligence de ma part.

– C'est faux, m'a-t-il répondu en faisant un pas vers moi. Vous ne ressemblez pas aux autres domestiques. Vous ressemblez à une sorte de... de drôle d'homme-nain qui mijote quelque chose. Qui met son nez partout. Qui se mêle des affaires des autres.

Abernathy a attrapé le tisonnier dans la cheminée et l'a fait tournoyer comme un sabre. Il a foncé vers moi en serrant les dents, comme s'il était prêt à m'embrocher. J'ai vu à ma gauche une fenêtre ouverte, par laquelle j'ai hésité à sauter.

– Dites-moi qui vous êtes, si vous ne voulez pas que je vous ouvre le crâne, m'a-t-il menacé.

– Je suis sûr que je dois avoir des papiers d'identité quelque part, ai-je dit en commençant à fouiller dans mes poches.

Comme je l'ai expliqué, je suis très doué pour fouiller dans mes poches en faisant semblant de chercher quelque chose que je n'ai pas. Sauf que cette fois, alors que je faisais mine de chercher des papiers d'identité que je n'avais pas, je me suis rendu compte... que j'en avais ! J'ai eu une inspiration soudaine.

– Dernière chance, m'a averti Abernathy, pointant son sabre-tisonnier sous mon nez.

Mais soudain il s'est figé, troublé :

– Hé, qu'est-ce qu'il y a de drôle ? C'est quoi, la blague ?

– C'est vous la blague, Abernathy, lui ai-je répondu dans un grand éclat de rire. Mais peut-être que vous n'êtes pas aussi bête que vous en avez l'air.

– Hein ?

J'ai sorti le portefeuille, je l'ai ouvert et j'ai exhibé l'insigne.

– Inspecteur Frank Segar. FBI. Jetez votre arme.

Il est devenu pâle comme un linge. Il a reculé en trébuchant et a lâché le tisonnier, qui est tombé sur le tapis. Je voyais la panique dans ses yeux exorbités.

– Des envies de fuite ? Sachez que des agents bloquent toutes les issues.

Il a laissé échapper un petit glapissement. Ses jambes ont commencé à trembloter sous lui.

– Asseyez-vous. Vous allez finir par vous faire mal.

Il s'est écroulé dans le fauteuil bleu. « Waouh, me suis-je dit, il a vraiment l'air d'avoir quelque chose à se reprocher. »

– Inspecteur, a-t-il bredouillé, le souffle coupé, je n'ai rien à voir avec ces Conklin. Je ne sais pas ce qui se passe ici.

– Pas la peine de gaspiller votre salive, le gardien de zoo. On a tout enregistré.

– Oh, non, s'est-il mis à pleurnicher.

– On a tout sur disque dur. Sur vidéo. Sur bandes. On a votre ADN, Abernathy. A-D-N. Ouaip... Je crois bien que vous allez vous retrouver dans une autre sorte de zoo, avec d'autres sortes d'animaux.

Il s'est mis à tituber, la main devant la bouche comme s'il allait vomir.

– Écoutez-moi bien, je ne vous poserai cette question qu'une seule fois, lui ai-je dit. Où est-il ?

– J'ai des choses à vous donner, m'a-t-il répondu,

aux abois. Je n'ai pas d'argent, mais j'ai des choses de valeur à vous donner.

– Il n'y a qu'une seule chose qui m'intéresse.

– Un panda ? Un jeune panda en pleine forme. Ça vaut une fortune !

– Je ne veux pas de panda.

– Un macaque japonais ! Si vous oubliez toute cette histoire, je vous donne dix-sept macaques japonais tout nouveaux tout beaux. Vous savez à combien on se les arrache ?

– Je ne veux pas de...

Alors que j'allais finir ma phrase, une idée m'a traversé l'esprit. Même si je n'étais dans les forces de l'ordre que depuis une minute, j'avais déjà résolu mon premier crime : M. Abernathy volait et revendait les animaux de son propre zoo... Mais pourquoi ? Je me suis souvenu que je n'étais pas là pour répondre à cette question.

– Je veux la nouvelle invention, Abernathy. Vous savez, le Ouille la Hoop.

– Ce truc ? Pour quoi faire ? C'est de la camelote. Ça ne vaut pas un clou. Vous ne voulez pas plutôt un morse ?

J'ai crié :

– Je ne veux pas de morse ! Et puis, vous êtes gardien de zoo ! Vous êtes censé vous occuper de ces animaux, pas les vendre ou les utiliser pour soudoyer des agents !

– J'ai fait une bêtise, je sais, a soudain sangloté Abernathy.

– Jolies larmes. Vous avez appris ça de vos crocodiles ?

– J'ai fait une bêtise, a-t-il pleurniché. Je me suis mis dans de sales draps avec des individus particulièrement mal intentionnés. Alors il fallait bien... que je sauve ma peau.

Je l'ai sermonné :

– Et les animaux, alors ! Comment ils vont sauver leur peau, eux ?

– Vous faites fausse route, inspecteur. Je ne vends pas mes animaux à des braconniers ou à des crapules.

– Qui d'autre voudrait acheter des animaux volés ?

– Mes clients sont d'une tout autre classe. Ce sont des sortes de... euh... naturalistes.

– Des naturalistes ?

– Vous savez, du genre scientifique. Des vrais gentlemen. Des garçons sans histoires. Qui ne feraient pas de mal à une mouche. Ils vont étudier les espèces, prendre quelques notes, deux-trois photos inoffensives, et ils me les ramèneront dans une semaine. Comme neufs. Des gars classieux. Des types tip top.

– Vous me prenez pour un idiot, Abernathy ?

– Je vous jure ! La preuve, regardez...

Abernathy a plongé la main dans sa poche avant gauche et m'a tendu un petit cylindre métallique.

– Vous voyez ?

C'était l'appareil représenté sur l'étrange affiche de publicité dans la chambre noire. Avec la photo de papa, le logo et les drôles de hiéroglyphes.

– Vous pouvez le garder, m'a dit Abernathy avec un clin d'œil et un sourire complice. Ni vu ni connu. Pas la peine de le conserver comme pièce à conviction. Ce sera notre petit secret.

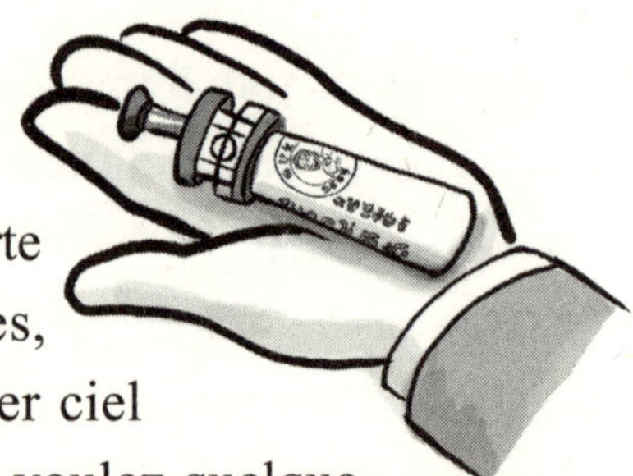

– Qu'est-ce que c'est ? À quoi ça sert ?

– À tout et n'importe quoi. Avec ces types, plus besoin de remuer ciel et terre. Ha ha. Vous voulez quelque chose plus que tout au monde ? Boum, votre vœu est exaucé ! Argent. Voitures. Pandas... Ces gars sont vraiment tombés du ciel !

– Comment ça marche ?

– C'est une sorte de gyrophare. Il suffit d'appuyer dessus.

– C’est de la drogue ?

– Quoi ? Non ! Ces types sont sérieux. Ils vous trouvent où que vous soyez, et hop, ils vous tirent de la panade.

– Et si on les faisait venir tout de suite ? ai-je suggéré, en posant le pouce sur le couvercle du cylindre.

– Non ! a crié M. Abernathy. Pas en ma présence ! Voyez-vous, il y a eu une sorte de... malentendu entre ces naturalistes et moi-même. Présentement, j’essaie d’aplanir les choses. Donc, si ça ne vous embête pas, je préférerais ne pas utiliser le Gyrophare tant que tout ça n’est pas réglé. Humm, hé hé. Hum...

Derrière moi, une horloge a sonné la demi-heure. Je me suis retourné pour jeter un œil à l’antiquité fixée au mur : 11 heures 30. Je ne pensais pas qu’il était si tard.

J’ai aboyé :

– Où est-il ? en me retournant vers Abernathy. Où est le Ouille la Hoop ?

– Ce truc ? C’est la vieille dame qui l’a. Elle m’a dit qu’elle l’emportait au solarium pour lui faire subir des tests. À midi.

– À terre, lui ai-je ordonné. Mains sur la tête.

Abernathy m'a obéi tellement vite que je n'ai pas eu le temps de réfléchir à ce que j'allais dire ensuite. Finalement, je lui ai ordonné :

– Maintenant, vous allez compter jusqu'à sept mille. Je veux vous entendre ! Et vous avez intérêt à aller jusqu'au bout.

Alors que le gardien de zoo commençait à compter, je me suis éclipsé sur la pointe des pieds. Mais en arrivant devant le couloir jaune je suis tombé sur deux agents de sécurité qui se dirigeaient vers moi. Ils allaient forcément tomber sur Abernathy avant même qu'il ait le temps de compter jusqu'à cinquante.

J'ai regardé la fenêtre ouverte. Je n'avais pas vraiment le choix...

15

Le grand saut

En grimpant sur le rebord de la fenêtre, j'ai jeté un œil aux gros blocs de pierre recouvrant la façade du manoir. Je me suis dit que je pouvais peut-être les escalader. Mais sur deux étages, jusqu'au solarium ? Et puis, est-ce que c'était vraiment le moment de tenter ce genre d'expérience ?

Puis j'ai repensé à Bébé Lou. À grand-mère. À ses expérimentations sur nous.

J'ai respiré un grand coup, j'ai tendu la main vers une fissure entre deux pierres, et j'ai commencé à escalader.

Je m'étais trompé dans les grandes largeurs... ou plutôt les grandes hauteurs ! Du sol, l'escalade semblait faisable. Mais des distances qui semblent inoffensives vues d'en bas deviennent beaucoup moins sympathiques vues d'en haut, avec le vent, le vertige, le risque de chute mortelle.

En plus, mes doigts étaient complètement engourdis. Résultat : j'étais terrifié à l'idée de me hisser à l'aide de membres que je ne sentais même plus. J'ai quand même miraculeusement réussi à empoigner la gouttière. J'ai commencé à y grimper comme

à une corde à nœuds. Je suis parvenu à faire quelques mètres comme ça. Puis, grâce à un coude du tuyau, j'ai pu me rapprocher de la corniche de la fenêtre du troisième étage. Mais pas assez près. Je me suis balancé une fois, deux fois, trois fois... et j'ai lâché.

Mes pieds ont atterri sur la corniche... mais pas le reste de mon corps.

Je me suis senti tomber en arrière. Grâce à un petit déhanchement digne d'Elvis Presley, j'ai miraculeusement évité une chute mortelle.

Alors que je luttais pour retrouver l'équilibre, j'ai regardé par la fenêtre. Et j'ai vu Chip Ricky sortir de l'ascenseur, accompagné de grand-mère avec Bébé Lou dans les bras.

– Hap, a murmuré une voix au-dessus de moi, Hap !

J'ai levé les yeux. Kayla était penchée à une fenêtre du quatrième étage.

– Viens ici, m'a-t-elle murmuré. Grimpe. Dépêche !

En me hissant à la force des poignets – j'avais l'impression que mes mains allaient s'arracher de mes bras – je me suis mis à grimper, grimper.

Kayla m'a attrapé par le col et m'a aidé à monter sur la corniche. J'ai mis quelques secondes à reprendre mon souffle. Je me suis retrouvé dans une sorte de serre. Entre deux halètements, j'ai demandé :

– Qu'est-ce que tu fiches ici, Kayla ?

– Je suis venue t'empêcher de faire une bêtise, espèce d'idiot !

– Quelle bêtise ?

– Foncer droit vers la Dernière Alvéole, m'a-t-elle dit en me poussant en arrière. Qu'est-ce que tu comptes faire, maintenant ? Hein, Hap ? Reprendre le bébé à grand-mère ? Et ensuite ? Comment tu feras sortir Lou du manoir ? En sautant du quatrième étage ?

– Je ne ferais jamais une chose pareille, ai-je répondu. C'est ce que t'a dit Alphonso ? Parce que jamais je...

– Tu es capable de tout désormais ! Tu as été piqué par la mouche de la folie. Plonger dans l'incinérateur ? Frapper Florida Pete ? Te faire passer pour un agent du FBI et le plus grand cheval de l'histoire ?! Tu t'es transformé en fou furieux totalement imprévisible ! Tu prends tous les risques. Tu nous propulses dans des futurs trop dingues pour qu'on puisse même les imaginer !

– Bon, alors qu'est-ce qu'on fait ? Comment on arrête l'expérimentation ?

– On n'arrête *rien du tout*, m'a répondu Kayla. On a laissé passer notre chance.

– Mais on ne peut pas rester les bras croisés ! C'est Bébé Lou, quand même !

– À ce stade, c'est la moins pire des solutions. Parce que, si tu essaies de changer le cours des choses, Hap, on se dirigera tout droit vers la Dernière Alvéole.

J'ai fait un pas en arrière et je me suis mis à hurler :

– Traîtresse ! Bébé Lou a encore une chance, Kayla. Une chance de ne pas être un monstre, comme nous.

– Je ne suis pas un monstre, a grogné Kayla en faisant un pas vers moi. Pour ton information, je suis ravie de ne pas être comme tout le monde. C'est TOI le traître, Hap. Moi, j'aime notre famille. Je suis contente que papa ne soit pas en prison, que maman ne soit pas expulsée et que je ne me retrouve pas internée dans un centre de recherches.

– Je ne laisserai rien de tout ça arriver, ai-je répliqué en reculant le long du couloir en marbre.

– Et comment tu comptes t'y prendre ? m'a-t-elle demandé en s'avançant vers moi.

– Tu vas m'aider. Viens avec moi. Aide-moi à trouver une solution.

Kayla s'est rembrunie. Et moi, j'ai soupiré.

– Le problème, c'est que je ne pourrai pas éternellement t'empêcher de faire des bêtises, m'a-t-elle averti tout en me suivant dans le couloir. Et je vois bien que tes actes ne mènent qu'à une chose : la catastrophe.

– Pour l'instant, l'ai-je corrigée en l'attirant vers le solarium baigné de lumière. Mais continue à regarder, d'accord ?

– Chaque nouvelle prédiction est pire que la précédente, m'a-t-elle dit dans un murmure.

– Ne t'inquiète pas, lui ai-je répondu dans un murmure. N'oublie pas que tu es avec un fou furieux totalement imprévisible.

Kayla m'a dévisagé avec méfiance. Je la guidais dans le couloir en marbre.

Mais petit à petit c'est elle qui s'est mise à me guider. On progressait prudemment le long d'une courbe. Le chemin serpentait sous les hauts panneaux en verre au milieu d'une forêt de plantes et de sculptures. La végétation tropicale répandait un parfum violent, presque trop intense. Entre les arbres et les statues d'empereurs romains, j'apercevais grand-mère avec Bébé Lou dans les bras.

Grand-mère a dépassé un petit étang à poissons, où nageait paisiblement une jeune tortue, et a déposé Bébé Lou sur un piédestal.

On s'est rapprochés si près de grand-mère que j'étais sûr qu'elle allait nous entendre. Mais non...

On s'est accroupis derrière un petit bananier. Grand-mère a attaché le Ouille la Hoop autour du cou de Bébé Lou.

Je me suis raidi. Kayla m'a serré le bras, comme pour me dire : « Pas tout de suite. »

La délicate tresse de fils dorés s'est soudain illuminée.

– Attends, m'a soufflé Kayla.

Grand-mère s'est retournée et a quitté la pièce.

– Maintenant, a dit Kayla.

On a bondi de notre cachette, puis fait le tour de l'étang. Bébé Lou a souri en nous voyant approcher. J'ai posé un doigt sur mes lèvres. Kayla l'a soulevée du piédestal. J'entendais le cliquetis des talons de grand-mère quelque part dans les parages. J'ai dit :

– La revoilà !

– Je sais, m'a dit Kayla. Il faut qu'on se cache.

Elle m'a montré un vieux coffre en bois.

– Elle va nous trouver, là-dedans.

– Je sais, m'a répondu Kayla. Mais ça nous laissera quelques minutes pour réfléchir.

J'ai couru jusqu'au coffre. J'ai ouvert le couvercle.

– Vite ! m'a-t-elle dit en sautant dans le coffre avec le bébé. Dépêche-toi, Hap. Allez, viens.

– Non. Il faut que je parle à grand-mère.

Kayla m'a regardé, le visage tremblant. Et soudain elle a ouvert grand la bouche, comme si elle venait de découvrir une nouvelle possibilité. Ses yeux se sont embués de larmes.

– Qu'est-ce que tu as vu ?

Elle a détourné la tête sans me répondre, a détaché le Hoop du cou de Bébé Lou et l'a passé autour du mien. Tandis qu'elle l'attachait, une larme coulait sur sa joue. Ensuite, elle m'a serré dans ses bras, comme si elle me voyait pour la dernière fois.

Elle s'est faite toute petite dans le coffre avec Bébé Lou, puis a tiré le couvercle sur elle.

– Vas-y, Hap, m'a-t-elle dit avant que le couvercle ne soit complètement fermé.

16

Grand-mère

Quand je me suis retourné, j'ai vu grand-mère qui revenait dans la pièce. En découvrant que le piédestal était vide, elle a baissé les yeux, troublée. Mais, à l'instant où elle a entendu mes pas, son visage a retrouvé son calme. Elle m'a accueilli avec un sourire glacial.

– Happy Junior ! s'est-elle exclamée, avant de lever les yeux vers moi. J'aurais dû m'en douter.

– Bonjour, grand-mère.

Je me suis approché d'elle, en la regardant droit dans les yeux.

– C'était donc toi. Notre petit révolutionnaire barbu. Tu es venu renverser le tyran ?

– Je veux seulement vous parler, lui ai-je répondu, en m'approchant un peu plus près.

– « Il y a dans les affaires humaines une marée montante, a déclamé grand-mère. Qu'on la saisisse au passage, elle mène à la fortune[1]. » Peut-être, jeune homme, as-tu mal jugé cette marée.

– Euh... D'accord. Vous comptez faire des expériences sur Bébé Lou, grand-mère ?

– Des *expériences* ? a-t-elle repété en riant. Bien sûr que non. Je n'ai jamais fait la moindre expérience sur aucun d'entre vous. Je vais la protéger. Comme je vous ai tous protégés. Mais en effet, de même que je vous ai offert à chacun un don précieux, je m'apprête à faire ce cadeau à Bébé Lou.

– Ha ! me suis-je exclamé. Nous protéger ? Nous offrir un don précieux ?

– Tout à fait. Ces inventions ne sont que des instruments pour faire de vous des êtres exceptionnels à la hauteur de leur destinée.

« Elle ment, me suis-je dit à moi-même. Ne crois pas un mot de ce qu'elle raconte. »

---

1. Shakespeare, *Jules César,* traduction de François-Victor Hugo (NdT).

– J'ai fait de chacun de vous un être extraordinaire, a-t-elle repris. Quelques décennies plus tôt, quand votre père n'était encore qu'un bébé, je lui ai fait don de son génie sans pareil.

Mon sang s'est glacé. Ça ne m'avait jamais effleuré que grand-mère ait pu mener des expériences sur papa.

« Elle ment, me suis-je répété. Elle essaie de t'embobiner. »

– Même si je vous croyais, ai-je répliqué, je vous empêcherais quand même de vous approcher de Bébé Lou. D'abord parce que c'est déjà un être extraordinaire. Ensuite parce que vos expériences peuvent mal tourner. Regardez Kayla !

– Tu penses que le don de Kayla est un accident ? m'a répondu grand-mère. Tu trouves qu'elle ressemble vraiment à un accident ?! C'est l'une des personnes les plus extraordinaires de cette planète. Elle n'est pas encore parfaite, je te l'accorde. Elle s'inquiète beaucoup trop. Et elle hésite beaucoup trop. Comme le chat du proverbe, qui mangerait bien du poisson mais ne veut pas se mouiller les pattes. Ce qui n'est pas du tout ton cas, Happy Junior. J'ai fait de toi quelqu'un de courageux, audacieux et entreprenant. Un homme, un vrai, malgré ton jeune âge.

– Moi ? ai-je bredouillé.

« Ne tombe pas dans le panneau, me suis-je dit. Ce ne sont que des mensonges. »

– Tu te dis que cette barbe est un cadeau empoisonné ? C'est parce que tu ne comprends pas ce qu'elle représente : avec cette barbe, je t'ai offert force et vaillance dans des proportions presque égales aux miennes. Tu ne mesures pas encore l'étendue de ton potentiel. J'ai quelque chose ici qui t'aidera à devenir un être vraiment extraordinaire.

Grand-mère a plongé la main dans son sweat. Elle en a tiré une minuscule boîte emballée dans du papier noir brillant autour duquel était enroulé un ruban rouge sang.

– Grâce à cet objet, tu pourras accomplir ta destinée : devenir mon partenaire dans une formidable entreprise.

Elle a tendu la main vers moi, comme si elle voulait que je la prenne.

– Rejoins-moi, Happy Junior. En tant que *partenaire.* Ensemble, nous remporterons une formidable victoire pour le plus grand bien de l'humanité.

– Merci, lui ai-je répondu en m'approchant. Mais je ne veux pas de vos cadeaux.

Grand-mère a fait une grimace et remis la boîte noire dans sa poche.

– En tant que « partenaire » ? ai-je continué. Très bien. Super. Je ferai tout ce que vous voudrez. À une condition : que Bébé Lou reste normale. Pas de cadeaux ni de dons extraordinaires pour Bébé Lou.

– Normale ? a ricané grand-mère. Ça veut dire quoi, être normal ? Regarde.

Elle a cueilli la rose à sa boutonnière.

– Cette fleur a-t-elle l'air normale ?

J'ai remarqué une minuscule bobine électrique rose qui courait sur les pétales rouges. Quand je me suis penché pour mieux voir, grand-mère a poussé la rose vers moi, et j'ai reçu une décharge en pleine poitrine.

J'ai d'abord eu très mal, puis très très mal, puis tellement mal que je ne sentais plus rien du tout.

– Comment oses-tu ! a crié grand-mère. Je te tends la main et tu me craches au visage !

J'étais complètement engourdi. Je ne pouvais ni sentir ni bouger, mais seulement gigoter maladroitement, comme quelqu'un qui aurait perdu l'équilibre.

– Je suis profondément déçue, Happy Junior. Et dire que je pensais qu'on ferait équipe. Dieu sait ce qui m'est passé par la tête. Ma proposition est officiellement annulée.

Une bobine d'électricité rose nettement plus grosse que la précédente a fleuri au cœur de la rose, et grand-mère me l'a collée sur le nez.

Je n'ai même pas senti le sol en m'y affalant de tout mon poids tel un sac de ballons de football. Grand-mère continuait à me parler, mais tout ce que j'entendais, c'était un grésillement d'électricité dans mon cerveau.

Je faisais tout ce que je pouvais pour bouger ne serait-ce qu'un doigt, mais je crois que mon cerveau ne savait même plus ce que c'était – sans parler de savoir où ça se trouvait.

Malgré le grésillement, j'ai entendu grand-mère grogner :

– Encore un coup. Pour que tu retiennes la leçon.

« Non ! » me suis-je dit alors qu'une flambée d'étincelles fleurissait à nouveau sur la rose.

« Les doigts », ai-je rappelé à mon cerveau. « Les cinq trucs au bout du bras. Les trucs recouverts de millions de piqûres d'épingle. Voilà ! Ces trucs-là. »

Alors qu'elle dirigeait à nouveau la fleur vers moi, grand-mère s'est aperçue que ma main reprenait vie. J'ai sorti le Gyrophare de ma poche. J'ai vu le mot « Non ! » se former sur les lèvres de grand-mère alors que j'appuyais sur le bouton du cylindre.

17

Les « naturalistes »

Le Gyrophare a disparu dans un grand éclair lumineux. Ma main était vide.

À part ça, pas grand-chose de neuf sous le soleil du solarium baigné de lumière. J'étais toujours allongé par terre. Mais le seul son que j'entendais était le léger ronflement des moteurs du Ouille la Hoop et du filtre de l'étang à poissons. Grand-mère et moi étions tous les deux dans la même position, mais avec une différence notable : grand-mère, qui, avant, bougeait, ne bougeait plus, et moi, qui, avant, ne bougeais plus, bougeais, bien que pas beaucoup et pas très bien.

Membre après membre, je suis parvenu à me soulever du sol en marbre. Je me sentais affreusement mal, comme si j'étais atteint d'une drôle de maladie tropicale et que l'ambulance m'avait roulé dessus au lieu de me secourir.

J'ai entendu un *clop*.

D'où ça venait ? Pas de l'étang, en tout cas.

Quelques secondes plus tard, j'ai entendu un autre *clop*, puis un *clop-clop*, un *clop*, un *clop-clop*, un *clop*, puis tellement de *clop* que vous en faire le compte exact risquerait d'être un peu fastidieux. J'ai regardé en direction des *clop*, qui venaient d'une porte très haute. Quelque chose trottait dans la pièce d'à côté. Une longue forme allongée. Une forme couverte de taches orange sur fond jaune. Une forme qui était en train de se faufiler par la porte. Il a fallu que j'attende de voir la tête au bout de ce cou pour comprendre qu'il s'agissait d'une girafe. La girafe s'est avancée clopin-clopant, tête baissée, dans le solarium. D'autres l'ont suivie. J'ai remarqué qu'elles portaient toutes des lunettes à bordures vert jade. Comme celles de Beth, mais en plus grand.

– *Ack !* a dit la girafe en me voyant. Le voilà ! Je l'ai trouvé ! *Ack !* Par ici ! Il est là. *Ack !*

J'ai crié.

Toi aussi, tu aurais crié. Je sais que, dans les histoires, les animaux qui parlent, c'est magique, c'est rigolo. Mais, dans la vraie vie, c'est... une autre histoire ! Ça vous rend malade. Ça vous fait faire des cauchemars. Parce que quelque chose qui ne parle pas *ne devrait pas parler*, d'accord ?!

– *Ack*, a répété la première girafe. *Ack*. Bonjour.

J'ai encore crié. Les girafes ont eu l'air gênées.

– Est-ce que, *ack*, vous pourriez éviter de faire ce bruit, s'il vous plaît, *ack* ?

J'ai hurlé :

– Arrêtez de parler ! Pitié !

– Désolé. Avons-nous fait quelque chose qui vous incommode, *ack* ?

– Vous êtes des girafes ! Des GIRAFES !

– Nous ne sommes pas des girafes, si c'est ce qui vous incommode. *Ack*. Nous avons choisi de prendre cette forme pour ne pas vous alarmer.

– Dans ce cas-là, vous avez *très mal* choisi !

– Vous n'êtes pas « pas alarmé » ?

– Encore un peu et j'allais sauter par la fenêtre !

Les girafes semblaient perplexes. Elles étaient une bonne vingtaine, désormais. Une girafe de taille moyenne a murmuré quelque chose dans l'oreille du chef. Le chef a alors levé la patte avant droite et baissé la tête afin de régler ses lunettes d'un coup de sabot.

Il les a dirigées vers moi. Un rayon lumineux vert jade a jailli des verres et m'a scanné comme un yaourt au supermarché.

– Il semblerait que nous ayons fait une erreur, *ack*, en vous synthétisant, a dit la girafe, en raison d'informations paradoxales. Nous avons détecté le centre de communic-*ack*-tion d'un humain. Pourtant, selon nos logiciels, vous appartenez à l'espèce que vous trouvez si, *ack*, effrayante.

J'ai recommencé à crier. Impossible de m'en empêcher.

– Bien, a dit la girafe, toutes nos excuses. Nous allons vous apparaître, *ack*, sous une forme plus familière.

Toutes les girafes ont alors dirigé leurs lunettes vers moi pour me scanner d'un coup de rayon vert jade.

Et, là, elles ont commencé à changer.

Leurs cous ont rapetissé. Leurs têtes de girafes ont disparu. Leurs corps ont rétréci. Leurs barbes ont poussé. Soudain, toutes ces girafes étaient exactement comme... moi !

– *Ack*. C'est mieux ? a demandé le chef.

– NON ! Habillez-vous !

Nouveau scan, et *wooush !* elles se sont retrouvées avec les mêmes vêtements que moi. Hormis leur expression intelligente, ces gens me ressemblaient trait pour trait.

– Désolé pour le malentendu, s'est excusée l'ex-girafe qui n'arrêtait pas de répéter «*ack*». C'est bien vous qui nous avez appelés ?

– Euh..., ai-je marmonné en essayant de me souvenir.

– *Ack*, les autres communiqueront avec vous dès qu'ils se seront *ack-ack*-acclimatés.

C'étaient donc les «naturalistes» dont m'avait parlé M. Abernathy en me donnant le Gyrophare. Il m'avait dit que ces types pourraient me tirer de n'importe quel problème. J'ai regardé grand-mère, toujours aussi immobile que les statues romaines tout autour.

Celui que je commençais à surnommer Ack a fait un pas vers elle.

– S'agit-il de l'être qui doit nous rendre visite ? a-t-il demandé.

– Vous rendre visite ? ai-je dit.

– Nous n'avons pas le temps, nous a interrompus un autre, enfin capable de parler. Mieux vaut éviter de trop s'acclimater à ces corps étranges.

– *Ack.* Ne soyons pas grossiers, Gubbins, lui a répondu Ack.

Puis il s'est tourné vers moi et m'a dit :

– Laissez-moi, *ack*, me présenter. Je m'appelle Gubbins. Et voici Gubbins... Gubbins... Gubbins... Gubbins...

Histoire de gagner du temps, autant te dire tout de suite qu'ils s'appelaient tous « Gubbins » et qu'ils étaient exactement pareils, à part celui qui n'arrêtait pas de dire « *ack* ». Peut-être qu'il souffrait d'une sorte de hoquet ou de bégaiement.

– Bon, ai-je dit. Vous êtes des extraterrestres, c'est ça ?

– Eh bien, m'a répondu Gubbins, tout le monde est un extraterrestre quelque part, non ?

– D'accord, d'accord, mais vous êtes des EXTRATERRESTRES, c'est ça ?

– Oui, *ack*, a admis Ack. Normalement, *ack*, nous ne devrions pas avoir à vous demander qui vous êtes, *ack*, mais nous avons visiblement du mal à établir votre identité.

– Eh bien, je m'appelle Hap Conklin Junior.

Un murmure a parcouru les rangs des Gubbins.

– *Le* Hap Conklin ? a demandé l'un d'entre eux.

Ils ont tous souri en repensant à ce célèbre nom, puis froncé les sourcils en se souvenant pourquoi il était célèbre.

– Confirmé ! s'est exclamé l'un des Gubbins. C'est bien Hap Conklin.

– Junior, l'ai-je corrigé.

– Écoutez, m'a dit Ack, avec un sourire un peu forcé, sachez que, *ack*, nous sommes *très* coutumiers de vos publicités.

– Ce ne sont pas les miennes, mais celles de mon père.

– En revanche, *ack*, nous aimons beaucoup votre robot Panini.

– Ce ne sont pas mes inventions, l'ai-je à nouveau corrigé.

– Vos publicités sont extrêmement casse-pieds, est intervenu un autre.

Ils ne voulaient vraiment pas comprendre !

– Ce ne sont PAS mes publicités. Je suis Hap Conklin *Junior.* C'est mon père, Hap Conklin *Senior*, qui fait tout ça.

Les Gubbins m'ont regardé avec un tel air

d'incompréhension hébétée que, soudain, je me suis parfaitement reconnu en eux. J'ai répété :

– C'est le père. Je suis le fils. Nous sommes deux personnes différentes. Compris ?

Ils m'ont regardé comme si je venais d'une autre planète. Et finalement l'un d'entre eux a dit :

– J'ai utilisé vos produits amincissants, Hap Conklin.

– Ce ne sont pas MES produits ! ai-je répété, exaspéré. Junior, Senior, vous comprenez la différence ?

– Ça suffit, m'ont dit les Gubbins, tout aussi exaspérés. Nous n'avons pas de temps à perdre avec ces absurdités. Pouvons-nous emprunter cet humain, oui ou non ? Nous vous offrons un million de dollars terriens.

– Hein ? Emprunter ?

J'ai suivi leur regard. Ils parlaient de grand-mère.

– Pour combien de temps ?

– C'est notre taux habituel : un million par unité et par semaine.

– Un million de quoi ? De dollars ? ai-je demandé.

Ack Gubbins a fait oui de la tête.

Un million de dollars, et plus de grand-mère pendant une semaine. Une affaire en or ! Comme ça, je pourrais sauver Bébé Lou et j'avais assez de temps et d'argent pour arracher ma famille à la tyrannie de grand-mère. Sans compter que c'était le meilleur moyen d'empêcher la venue de la Dernière Alvéole, qui faisait tellement peur à Kayla. Et pourtant, j'hésitais. Je sentais que ce n'était pas bien de louer sa propre grand-mère à des Gubbins métamorphes de l'espace.

Mais j'ai regardé grand-mère. Et j'ai regardé la drôle de rose taser qui m'avait fait si mal. Qu'est-ce qu'elle m'avait dit, déjà ?

– « Il y a dans les affaires humaines une marée montante », ai-je répété à haute voix. Qu'on la saisisse à je sais pas quoi, et elle mène à plein de trucs cools.

– Ce qui veut dire ? m'a demandé Gubbins.

– Ce qui veut dire oui, lui ai-je répondu. Grand-mère est à vous.

– Signez ici, s'il vous plaît, m'a dit Ack en me tendant un document sur lequel j'ai reconnu les hiéroglyphes bizarres. Votre doigt suffira.

De l'encre est sortie de mon doigt comme d'un stylo. J'ai signé.

– Transaction effectuée, a déclaré Gubbins.

Grand-mère a disparu. Et à sa place il y avait un gros tas de billets.

– Nous vous rendrons l'être dans une semaine, m'a assuré Gubbins. Ravi de faire affaire avec vous.

– N'hésitez pas à nous dire comment améliorer notre service à l'avenir, m'a dit Gubbins.

Tous les Gubbins ont commencé à disparaître. À part Ack.

– *Ack*, s'il vous plaît, a dit Ack en regardant le soleil. On ne pourrait pas rester, *ack*, encore un peu ?

Gubbins lui a lancé un regard étonné :

– Tu t'es bien trop acclimaté à ce corps ! Tu as oublié qui tu étais, Gubbins ! Il faut y aller, maintenant.

– *Ack !* Encore un tout petit peu, a répété Ack, qui disparaissait beaucoup plus lentement que les autres.

– Maintenant ! a ordonné Gubbins.

– C'est si beau, a soupiré Ack, qui n'arrivait pas à détacher les yeux de la coupole du solarium.

– Il n'y a pas de verre, sur votre planète ? lui ai-je demandé.

– Pas le, *ack*, verre, m'a-t-il répondu. Votre soleil.

– Vous n'avez pas de soleil ?

– Si. Mais Gubbins ne l'a pas vu depuis une éternité. Depuis plusieurs de vos vies. *Ack*. C'était il y a bien longtemps.

– Quand ?

– Hier, m'a-t-il répondu, avant de disparaître.

18

Le jeune maître

« Hier ? » me suis-je dit au moment où Ack disparaissait. « Ça n'a aucun sens. » Si les Gubbins n'avaient pas vu leur soleil depuis plusieurs de nos vies, comment pouvaient-ils l'avoir vu *hier* ? Et si un seul jour sur leur planète durait plusieurs existences humaines ?

Et si... Pour combien de temps leur avais-je prêté grand-mère ?!

J'ai crié : « Attendez ! » Mais c'était trop tard, ils avaient disparu. Je me posais soudain tout un tas de questions : les Gubbins étaient venus nombreux, mais pourquoi avais-je l'impression de n'en avoir vu qu'un seul ? Et comment autant d'êtres différents pouvaient-ils tous avoir le même nom ? Et pourquoi les Gubbins étaient-ils incapables de comprendre le fait que mon père et moi étions deux personnes différentes ?

Je me suis rendu compte qu'une seule personne pouvait avoir les réponses à ces questions : Kayla.

J'ai couru jusqu'au coffre en bois sculpté et j'ai soulevé le couvercle. Kayla et Bébé Lou avaient disparu. À la place, il y avait vingt tas de billets de cent dollars, comme ceux que j'avais découverts à la place de grand-mère, et deux copies du document bizarre que j'avais signé avec mon doigt.

J'ai fouillé dans le coffre, puis je me suis mis à taper sur le fond pour vérifier s'il n'y avait pas un faux plancher par où elles auraient pu passer. Rien.

– Hé ! a crié une voix. Que faites-vous ici ?

Je me suis retourné. Chip Ricky venait d'entrer dans la pièce.

– Où est Mme Conklin ?

– Euh..., ai-je répondu, en pointant du doigt la pile de billets. Elle était là.

Chip Ricky a traversé la pièce jusqu'au piédestal noir de grand-mère et a ramassé le document que j'avais signé.

Je me suis retourné vers le coffre et les deux autres piles de billets.

– Kayla, ai-je murmuré, le souffle coupé... et Bébé Lou... et grand-mère.

– Disparus, c'est ça? m'a-t-il dit, en parcourant le contrat des yeux.

J'ai fait oui de la tête.

– Votre père a signé ce papier?!

– Non. C'est ma signature.

– Vous parlez le gubbinsglopf? s'est-il étonné.

– Non... Enfin... Attendez, vous, vous comprenez ce qui est écrit?

– En grande partie, m'a répondu Chip Ricky. Florida Pete vient de signer un contrat similaire. Ça ne fait que quelques années que nous travaillons avec ces êtres.

– Quoi? Pourquoi?

– Comme les gouvernements de la Terre ont interdit nos produits, Mme Conklin a demandé à votre père de trouver des marchés alternatifs pour ses inventions.

Voilà pourquoi j'ai dû me familiariser avec ce type de contrats. Celui-ci dit, dans les grandes lignes, que vous avez vendu votre famille aux extraterrestres... même si je ne vois pas trop comment c'est possible.

– Non ! Je leur ai juste prêté grand-mère pour une semaine.

– Ces extraterrestres ne font pas de distinction entre les individus et leur famille. En leur vendant votre grand-mère, vous leur avez aussi vendu le reste de votre famille. La seule chose qui m'échappe, c'est pourquoi vous êtes toujours là. Ils auraient dû aussi vous prendre, en tant que membre de cette famille que vous venez de leur céder en toute légalité. C'est étonnant.

Il m'a fixé des yeux un long moment. Soudain, il a claqué des doigts et montré le collier autour de mon cou.

– Le Hoop ! Le collier de sécurité ! On dirait que ça marche.

– Quoi ? me suis-je exclamé, en touchant le Hoop autour de mon cou.

– Je vous l'ai dit, ils prennent toujours les familles entières. Comme pour les animaux du zoo. Des familles entières qui disparaissent... Votre père a mis au point ce collier pour protéger les animaux des enlèvements. Et il a parfaitement fonctionné sur vous.

– Mais...

– Laissez-moi vous dire, monsieur Conklin, que vous avez manœuvré avec brio. Le manoir Conklin, les Industries Conklin et tous les biens des Conklin vous appartiennent désormais. Les avoirs de la famille sur Terre s'élèvent à des milliards de dollars !

– Hein ?

– Mmm, a marmonné Chip Ricky, en consultant les dossiers de son classeur. Évidemment, il nous faudra une nouvelle blanchisseuse.

– Maman ? Mais elle est au Nevada !

– Les extraterrestres ont pris TOUTE votre famille. La géographie n'a aucune importance en matière de téléportation. Donc, monsieur Conklin, dois-je réunir le reste de nos équipes pour leur présenter le nouveau jeune maître ?

Je lui ai tourné le dos, et j'ai foncé vers les escaliers.

J'ai dévalé les marches jusqu'à nos chambres, à la cave.

Il y avait des piles de billets à la place de mes sœurs et de mon père. J'imagine qu'il y avait aussi des piles de billets à la place de ma mère au Nevada.

Si je les avais réunis pour faire une photo de famille, ça aurait donné à peu près ça :

J'étais debout dans l'embrasure de la porte qui séparait nos deux minuscules chambres.

J'ai vu que papa avait rapporté trois cookies de

son rendez-vous avec grand-mère et les avait laissés pour moi sur la table de la cuisine.

Kayla aussi avait tenu sa promesse. La télé était posée sur mon lit de camp, branchée, en parfait état de marche.

Elle avait aussi récupéré Squeep ! comme elle me l'avait promis. Il était assis sur mon oreiller, les yeux rivés sur l'écran.

Sous le choc, je me suis assis à côté du lézard.

La chambre semblait anormalement calme et immobile. J'ai regardé ma télé, l'assiette de cookies, Squeep !... Tout ce que je voulais.

J'ai éclaté en sanglots.

Puis j'ai commencé à paniquer.

Mais on ne peut pas non plus pleurer et paniquer toute sa vie. À un moment, il faut agir.

Il fallait que je retrouve ma famille. Où qu'elle soit.

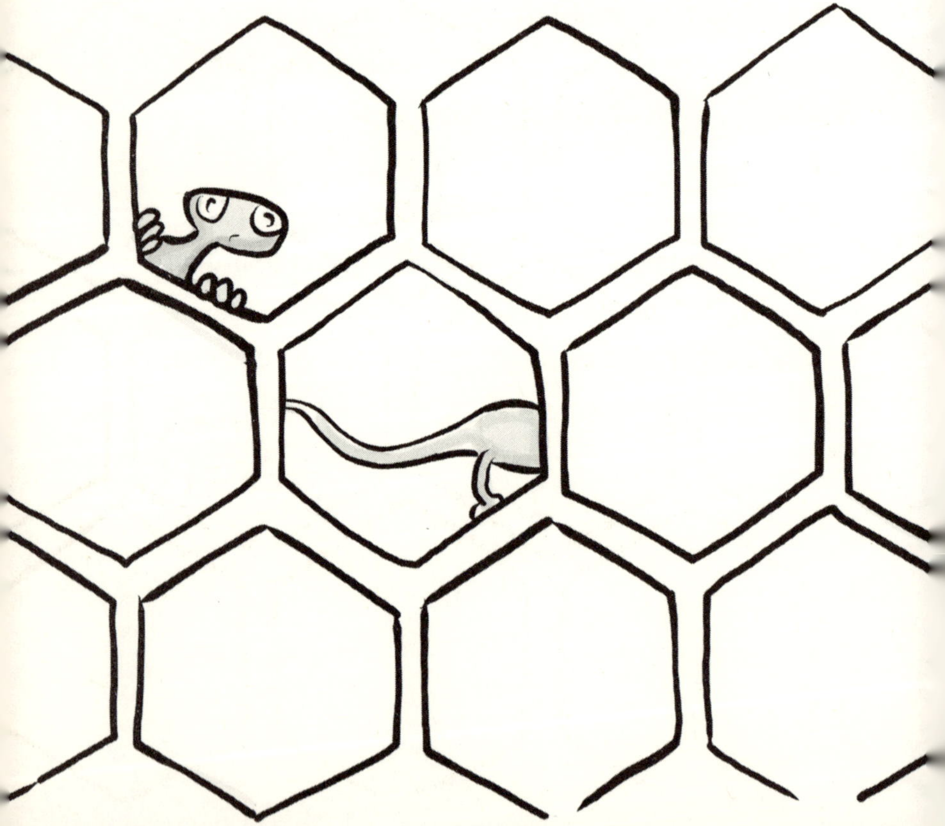

TROISIÈME PARTIE

ET VOILÀ, FAMILLE VENDUE AUX EXTRATERRESTRES

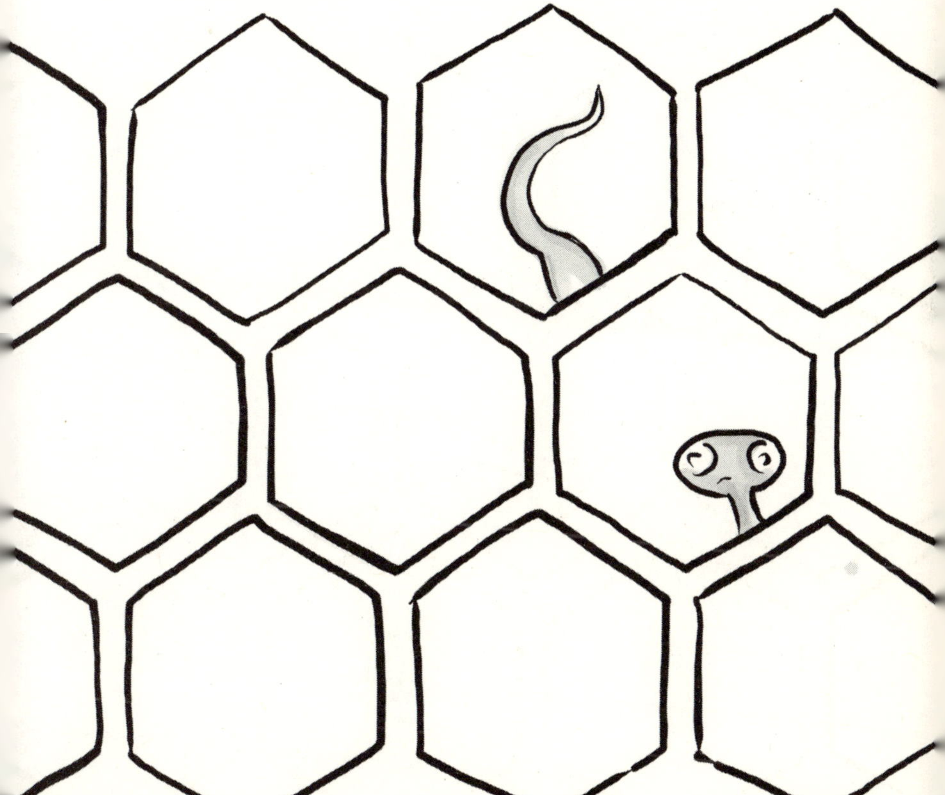

19

Écoute le lézard

Squeep ! me fixait d'un drôle d'air.

– Qu'est-ce que tu regardes ? lui ai-je demandé.

Il m'observait de ses yeux d'animal à sang froid, comme s'il m'accusait d'un acte inqualifiable.

– Quoi ? Tu penses que j'ai fait *exprès* de les vendre aux extraterrestres ? Tu crois que j'ai tout manigancé ? Pourquoi je ferais une chose pareille ?

Ses yeux froids, silencieux, restaient braqués sur moi. Je me sentais percé à jour par le regard accusateur de mon implacable juge reptilien.

– Qu'est-ce que j'avais à y gagner ? À part l'argent, évidemment, et... tout ce que j'ai toujours voulu. C'est vrai, il m'est arrivé de dire que je serais plus heureux sans eux... Mais on dit tellement de choses. Au moins, contrairement à toi, lézard, j'essaie de les retrouver !

Je lui ai montré le carnet sur lequel je tentais depuis des heures d'imaginer un plan de sauvetage. Mais, jusque-là, j'avais seulement réussi à pondre :

ACHETER UNE FUSÉE À LA NASA

– Ouais, je sais, c'est pas génial comme plan. Tu as mieux à proposer ?

Squeep ! s'est alors rué sur la télé, qu'il s'est mis à fouetter de sa queue. Son langage corporel était très développé pour un lézard !

– Tu veux regarder la télé ? lui ai-je demandé. En quoi ça va nous aider ?

Je me suis replongé dans mon carnet, dépité. Le problème avec cette histoire de fusée, c'était que je n'avais pas la moindre idée d'où pouvait se trouver ma famille. Sans doute à des années-lumière, dans un coin de l'espace inaccessible à l'homme.

« Continue à réfléchir, me suis-je dit. Concentre-toi ! »

Squeep ! n'était pas d'une grande aide. Il n'arrêtait pas de fouetter la télé avec sa queue. J'ai aboyé :

– Tu peux arrêter ça !

Il a baissé la tête, tout triste. Je m'en suis voulu de l'avoir rabroué.

– Excuse-moi, Squeep !, lui ai-je dit en le prenant dans mes bras pour lui faire un câlin. Je n'aurais pas dû te crier dessus. Tu es la seule famille qui me reste, désormais.

Je me suis soudain senti très ému. Je me suis mis à le bercer tout doucement en lui susurrant une vieille berceuse moldave. Et, là, il m'a mordu le doigt.

– Aïe ! ai-je crié en le jetant sur mon lit de camp.

Il a couru vers la télé et s'est mis à cogner sa petite tête dessus.

– Pourquoi tu tiens à tout prix à regarder la télé ?

C'est alors que j'ai noté qu'Alice avait fixé quelque chose sur le poste : une petite antenne dorée, comme celle que j'avais remarquée sur la télé de la chambre noire.

Par curiosité, j'ai allumé l'appareil. Squeep ! a instantanément semblé soulagé, comme s'il se disait : « Enfin ! »

Tandis que l'écran se mettait en route, j'ai croqué dans un *stroopwafel.*

J'ai entendu le générique de *Gare à la Bagarre.* Sauf que ce n'était pas *Gare à la Bagarre*, mais une sorte de film de science-fiction avec les mêmes décors, le même graphisme et la même musique que *Gare à la Bagarre.* J'ai même reconnu la voix grave du présentateur, sauf que c'était une sorte de charabia de gazouillis incompréhensibles. Et ce n'étaient pas des catcheurs, mais d'abominables monstres.

Une gigantesque bestiole répugnante...

et une anguille volante couverte de piquants...

... qui s'affrontaient dans un combat d'une terrifiante brutalité. J'avais du mal à croire qu'on autorise des trucs pareils à la télé ! L'anguille volante à piquants incroyablement flippante a fini par vaincre la gigantesque bestiole répugnante, non pas en la piquant, mais par le biais d'une série de démembrements, qui s'est achevée par une décapitation en bonne et due forme.

Alors que retentissait la musique de la victoire de *Gare à la Bagarre*, l'image de l'anguille volante, entourée de deux crochets clignotants, est montée d'un cran sur le tableau du championnat. Son prochain adversaire ? Une équipe de monstrueuses araignées velues aux yeux exorbités.

Les crochets animés sont redescendus plus bas dans le tableau pour promouvoir l'autre demi-finale. À ma grande surprise, j'ai découvert que l'un des combattants était Florida Pete ! Pete était enchaîné dans une sorte de prison de verre. Le champion du monde avait beau tirer de toutes ses forces sur ses chaînes en acier, il ne parvenait pas à les briser.

La voix grave s'est mise à crier « Eeeeet le challenger ! » en charabia de gazouillis.

La caméra a fait un gros plan sur le challenger, qui n'était ni un monstre ni un catcheur, mais huit êtres humains terrifiés : ma mère, mon père, mes cinq sœurs et grand-mère !!!!!!

J'ai craché des miettes de cookie dans toute la pièce.

Ma famille allait devoir lutter à mort ! Les Gubbins les obligeaient à se battre. Ces saletés, ces traîtres, ces faux-jetons de Gubbins les obligeaient à se battre !

Prisonniers d'un enclos de verre, blottis les uns contre les autres, terrorisés, les membres de ma famille avaient les yeux rivés sur une étrange lueur violette au-dessus d'eux. Sauf Kayla. Kayla, elle, regardait fixement la caméra. Elle me regardait *moi.* Elle répétait une phrase que je n'arrivais pas à entendre : S... I... P. Elle essayait de me dire quelque chose !

S... I... P. S... uis... ip.

Suis Squeep !.

Elle voulait que je suive Squeep !. Mais... où était-il passé ?

Il avait sauté de mon matelas pour ramper jusqu'au lit de camp d'Alice. Je l'y ai rejoint. Ses petites pattes palmées agrippaient le poudrier en argent. Il essayait de le soulever vers moi, avec toute la force que pouvait réunir son corps en point d'exclamation. Je le lui ai pris des pattes.

J'ai examiné le petit disque argenté. La cachette d'Alice était-elle encore connectée à ma sœur ? Mon père avait bien inventé une technologie qui permettait de traverser l'univers, alors qui sait si ce poudrier n'avait pas le même pouvoir...

J'ai appuyé sur le petit clapet, qui s'est ouvert en faisant *pop*.

De jolies lettres se sont formées comme par magie sur la surface argentée : « Accès refusé. »

Elles ont disparu, remplacées par un texte nettement plus inquiétant :

« Avertissement : l'utilisation de l'Ordonnateur par une personne non autorisée *sera* catastrophique. »

Je me suis souvenu de la publicité que j'avais vue dans la chambre noire : « Tout l'espace que vous voulez... Système d'identification ADN. »

Seule Alice pouvait l'ouvrir. Car Alice était la seule à posséder l'ADN d'Alice. J'ai donc cherché dans la pièce des traces de son ADN.

Mon regard s'est arrêté sur sa table de nuit.

« Oh non, me suis-je dit. Tout sauf ça. »

Je me suis dirigé vers sa grosse brosse à cheveux. Celle qu'elle nettoyait si rarement qu'on aurait dit un petit chat persan roux. Je l'ai ramassée.

Après une journée remplie d'expériences déplaisantes, je m'apprêtais à en vivre une *encore plus* déplaisante.

J'ai arraché une grosse touffe de cheveux des poils de la brosse en grimaçant. Je l'ai enroulée autour de mes doigts comme une moufle. J'ai saisi le poudrier avec cette moufle de cheveux, et j'ai appuyé sur le clapet.

De nouveaux mots se sont formés sur la surface argentée : « Accepté... Bienvenue, Alice. »

Le poudrier s'est ouvert si violemment que je l'ai lâché. J'étais sûr qu'il allait se briser en mille morceaux. Mais non, il était là, par terre, son petit miroir rond scintillant de mille feux.

Squeep ! a foncé vers lui.

– Attends, ai-je crié, en essayant de l'arrêter.

Mais, alors qu'il se ruait vers son reflet, le Squeep ! de la chambre a disparu. À sa place est apparu un autre Squeep ! qui me regardait depuis l'intérieur du miroir.

Je me suis accroupi pour mieux voir, quand soudain j'ai vu mon propre reflet *derrière* celui de Squeep ! Le temps de cligner les yeux... et je me suis senti quitter la chambre.

Je me suis retrouvé avec Squeep ! dans une autre pièce, en train d'observer à travers un petit rond le monde que l'on venait de laisser derrière nous.

20

Le poudrier

« L'utilisation de l'Ordonnateur par une personne non autorisée *sera* catastrophique. »

Dès l'instant où j'ai pénétré dans l'Ordonnateur d'Alice, j'ai senti que je courais effectivement à la catastrophe. Chaque fibre de mon être me disait de ficher le camp d'ici, de trouver le moyen de ramper à travers le petit miroir par lequel nous étions entrés.

J'ai levé les yeux vers Squeep !. Il n'arrêtait pas de sortir sa petite tête, comme pour me dire : « C'est par ici. »

Au mépris du bon sens, j'ai laissé derrière moi le portail vers la normalité et j'ai suivi Squeep ! au plus

profond de cet endroit, à la fois le plus grand, le plus petit et le plus bizarre que j'avais jamais vu. Un endroit qui provoquait en moi une terreur primitive.

Je n'arrêtais pas de penser à cette femme dans la publicité pour l'Ordonnateur :

Est-ce que ça signifiait qu'Alice avait quand même son poudrier, même si elle ne l'avait pas pris ? Était-ce vers lui que Squeep ! me guidait ? Vers cet autre miroir-portail, qui me permettrait de secourir les membres de ma famille, en supposant qu'ils n'aient pas tous été tués sur le ring de la mort ?

J'ai essayé de chasser cette dernière pensée de mon esprit pour ne pas perdre de vue le lézard qui filait sur le plancher en cèdre. Squeep ! serpentait à travers les piles de choses qu'Alice avait volées année après année. J'ai dépassé mes vieux livres de la bibliothèque, la veste préférée de Beth, la collection de jeux de société de la famille, mon tricycle de CP, ma tenue de sport, ma machine à calculer...

La vue de tous ces objets aurait dû me mettre en colère contre ma sœur, mais je me suis rendu compte qu'au lieu de ça je commençais à ressentir de la pitié pour elle.

Elle n'avait même pas déballé la plupart des trucs qu'elle avait volés. Ses pulsions étaient si fortes qu'elle n'en profitait même pas, à part peut-être le plaisir momentané du vol. Ça devait être terrible de vivre avec une chose pareille.

– Nom d'un petit bonhomme ! me suis-je écrié, en prenant soudain conscience de tout ça.

Comment Alice avait-elle pu voler autant de choses ?

Ann, la poupée de chiffon adorée de Kayla – pour laquelle elle avait confectionné un petit bandeau jaune –, était posée sur le toboggan en plastique qui avait disparu de la cour de l'école il y a quelques années. Il y avait aussi la maison de poupée d'Eliza, qui passait des heures à jouer avec, en faisant semblant que chaque chambre était à elle toute seule. Aucune trace des Lunettes Parfaites de Beth, en revanche. Il faut dire que je ne reconnaissais même pas la plupart des choses. Dieu seul sait où Alice avait dégoté tous ces trucs bizarres.

Alors que je regardais autour de moi, sidéré, j'ai compris que le plus bizarre dans ce poudrier, c'était... moi ! Cet endroit m'avait transformé. J'étais devenu un être différent, doté d'étranges capacités mentales et physiques.

Je pouvais toujours me déplacer normalement si je le souhaitais, mais je pouvais aussi me rendre là où je le voulais sans faire le moindre mouvement. J'étais capable de parcourir les pages de mes vieux livres de bibliothèque sans bouger les mains ou les yeux. Tu imagines un truc pareil ? Oui ? Tant mieux, parce que ce n'était pas le plus bizarre. Non, le plus bizarre, c'était que...

Je pouvais faire les choses *AVANT DE LES FAIRE.*

Tu n'y comprends rien ? Alors, moi, imagine !

Voici comment ça s'est passé :

J'étais là, les bras ballants, stupéfait, sans trop savoir quoi faire, quand j'ai vu quelque chose d'étrange par terre. On aurait dit... quelqu'un. Quelqu'un étendu par terre. J'ai voulu aller voir pour en avoir le cœur net. Mais au moment où je me suis décidé, ce projet est devenu un *souvenir*, mais un souvenir du futur au lieu d'être un souvenir du passé. Je me « souvenais » à l'avance de comment j'allais marcher vers cette personne allongée par terre.

Et, dès que je me suis « souvenu » de ce que j'allais faire... je l'avais déjà fait, même si je ne l'avais pas encore fait. Il y avait deux moi : le moi qui était déjà allé voir cette personne, et le moi qui ne l'avait pas encore fait. Et le moi qui s'est penché vers la personne à terre a vu que cette personne était...

... AUSSI MOI !

Mais un moi qui venait d'un futur encore plus éloigné, un moi qui s'était perdu et avait vieilli dans l'Ordonnateur. Je n'avais pas grandi, mais des rides s'étaient creusées sur mon visage et j'avais des cheveux gris. Le Moi du Futur Éloigné portait la veste en cuir que j'avais toujours voulue de tout mon cœur.

Le Moi du Futur Éloigné était-il mort ?

Je me suis penché au-dessus de lui pour prendre son pouls. Mais à l'instant où j'ai posé mes doigts sur son cou, ses yeux se sont ouverts tout à coup.

Le Moi du Futur Éloigné m'a attrapé le bras et m'a retourné comme une crêpe au moyen d'une incroyable prise de judo. Il a atterri sur moi, m'a immobilisé d'une clé de bras et m'a aboyé dessus en me faisant les poches.

– Tout va bien ! ai-je crié à mon tour. C'est moi. Je veux dire... toi. Je veux dire... toi, dans le passé. Donc, tout va bien.

Il s'est mis à tousser. Il m'a tendu le bras et m'a aidé à me remettre debout. Je me suis rendu compte qu'il rigolait.

– Je ne suis pas toi, Hap, ne t'inquiète pas. En revanche, je pense que toi, tu te prends pour moi.

Il a sorti l'insigne qu'il avait trouvé dans ma poche.

– Non ! me suis-je exclamé. Inspecteur Frank Segar ?!

– Exact, m'a-t-il répondu en remettant l'insigne dans sa poche. Tu sais que c'est un crime d'usurper l'identité d'un agent fédéral ?

J'ai ouvert de grands yeux incrédules.

– Qu'est-ce qui ne va pas, Hap ? Tu n'as pas l'air très heureux de me voir.

– Ce n’est pas ça. C’est juste que... Je pensais que vous étiez moi. Mais dans le futur.

– Tu devrais être heureux que ce ne soit pas le cas. Tu ne voudrais pas rester petit toute ta vie, non ?

En fait, ça ne me posait aucun problème, puisque ça voulait dire être un monstre de sang-froid vêtu d’une veste en cuir et maîtrisant parfaitement les arts martiaux !

– Comment vous êtes-vous retrouvé ici ? lui ai-je demandé. Je pensais qu’il n’y avait que des trucs qu’Alice avait v... euh...

– Attention à ce que tu dis, Hap, m’a averti Frank, en souriant. Mieux vaut éviter de prononcer les mots « Alice » et « voler » devant un agent du FBI.

Pour quelqu’un qui n’était pas moi, Frank avait l’air de savoir parfaitement ce que j’avais dans la tête.

– Écoute, je vais t’expliquer. Mais je préférerais qu’on s’assoie. Je suis épuisé. Ça fait des semaines que je suis coincé là, et cet endroit me donne tout le temps envie de dormir.

– Des semaines ? ai-je dit en m’asseyant à côté de lui. Florida Pete m’a dit qu’il vous avait vu hier !

– Ça ne fait peut-être qu'une journée à l'extérieur de l'Ordonnateur. Mais le temps s'écoule différemment dans un trou noir.

Je me suis étranglé :

– Quoi ?! On est dans un trou noir ? Mais comment ?

– « Tout l'espace que vous voulez... », m'a rappelé Frank. L'espace extra-dimensionnel qui entoure un micro-trou noir. En tout cas, c'est ce que pensent nos scientifiques. Peut-être qu'il s'agit d'un trou blanc, d'un trou de ver, d'un quasar ou de je ne sais pas quoi. En tout cas, c'est illégal. Dis-moi, ton père est-il capable de construire un placard sans mettre en danger la stabilité de l'univers ?

– Mais..., ai-je bredouillé en essayant d'intégrer tout ce qu'il me racontait. Je ne comprends toujours pas comment vous vous êtes retrouvé ici.

– C'est une longue histoire, m'a répondu Frank en bâillant.

Alors qu'il me racontait cette longue histoire, ses yeux se fermaient et il n'arrêtait pas de piquer du nez, si bien que j'ai dû plusieurs fois lui secouer le bras pour le réveiller. Il m'a expliqué que le ministère de la Justice enquêtait sur mes parents depuis que papa avait inventé les Lunettes Parfaites, treize ans plus tôt. Puis cette affaire était devenue prioritaire quand les animaux du zoo avaient commencé à disparaître le mois dernier. Il ne m'a pas dit comment ils avaient découvert que grand-mère était mêlée à tout ça.

Le FBI était au courant pour la chambre noire et l'incinérateur. Ils savaient que, s'ils faisaient une descente au manoir, Chip Ricky s'empresserait de brûler toutes les preuves avant qu'ils ne mettent la main dessus. C'est pour cette raison qu'ils avaient décidé de faire appel à un expert des missions d'infiltration. Ils s'étaient dit que Frank me ressemblait suffisamment pour passer les grilles du manoir sans attirer l'attention.

Mais grand-mère avait un coup d'avance sur eux : elle avait posté un garde dans la chambre noire. Florida Pete, l'homme le plus fort du monde.

Florida Pete avait facilement déjoué les prises de judo de Frank et l'avait jeté dans l'incinérateur. Heureusement, Frank avait réussi à stopper sa chute le long du conduit et il avait creusé une issue dans les murs du manoir : celle que j'avais moi aussi utilisée pour m'échapper le lendemain.

– Waouh ! me suis-je exclamé. Et après toutes ces aventures, vous n'avez toujours pas vos preuves ?

– Qu'est-ce qui te fait croire ça ? m'a-t-il dit en fouillant dans sa poche, d'où il a tiré un sac plastique contenant une paire de lunettes vertes qui ne m'était pas inconnue.

– Les lunettes de Beth ! me suis-je écrié. C'est vous qui les aviez !

– Ce n'est pas ce que je cherchais. Mais elles n'en sont pas moins illégales. Suffisamment pour qu'on lance des mandats d'arrêt et qu'on commence à démêler le vrai du faux. Seulement, avant que je ne réussisse à sortir d'ici, ton autre sœur s'est réveillée et s'en est prise à moi. Alice Conklin. J'allais lui passer les menottes quand elle a réussi à m'emprisonner dans cet endroit de malheur. J'imagine que c'est aussi elle qui t'a envoyé ici, n'est-ce pas ?

– Euh... plus ou moins.

– Tu sais quand notre petite cleptomane compte nous libérer ?

– Et si elle ne le pouvait pas ? Si elle n'ouvrait jamais le portail pour nous laisser sortir ?

– Aaah, a bâillé Frank. Alors je crois que tu passeras l'éternité avec un nabot dans un trou noir.

– Un nain, l'ai-je corrigé.

Je n'avais encore rien dit à Frank de ma propre situation. Une partie de moi voulait vraiment lui avouer toute la vérité. Peut-être que Frank pouvait m'aider à sauver ma famille. Peut-être qu'un expert de l'infiltration maîtrisant le judo à la perfection était pile ce qu'il me fallait. Et puis, j'aimais bien Frank. Il m'avait quand même sauvé de l'incinérateur.

D'un autre côté, Frank n'avait qu'une chose en tête : mettre ma famille derrière les barreaux et jeter la clé aux oubliettes. Certains d'entre nous le méritaient sans doute. Mais, pour les autres, c'était la voie royale vers la Dernière Alvéole qui faisait si peur à Kayla.

D'un autre autre côté, ma famille ne serait-elle pas plus heureuse dans une prison terrestre que dans sa situation actuelle ?

Alors que je réfléchissais à la meilleure solution, Frank s'est mis à ronfler.

Quelques instants plus tard, Squeep ! est sorti de sa cachette, derrière une pile de sacs à dos, et m'a regardé dans les yeux. Il m'a tiré la langue, comme s'il m'accusait de quelque chose.

– Qu'est-ce qu'il y a ? ai-je murmuré.

Mais je savais ce qu'il voulait me dire : « Arrête de perdre ton temps. Il faut continuer. »

J'ai regardé Frank. Je savais ce que je devais faire. Frank était en possession d'éléments qui incriminaient ma famille, et je ne pouvais pas les lui laisser.

J'ai fouillé tout doucement dans sa poche et j'en ai retiré le sac plastique avec les lunettes de Beth.

Je sais ce que tu penses. Frank est du côté de la loi, patati patata... Mais moi, au fond de mon cœur, je suis du côté de ma famille.

Je me suis éloigné sur la pointe des pieds et j'ai suivi Squeep ! qui serpentait de plus belle entre les piles et les piles d'affaires volées par Alice.

Squeep ! a fini par s'arrêter devant un miroir, de la même taille que celui par lequel nous étions entrés.

Il s'est mis à siffler d'excitation.

– Attends ici, lui ai-je dit.

Sans m'écouter, Squeep ! a filé vers le petit cercle, dans lequel il a disparu. Je me suis accroupi pour regarder à l'intérieur. À l'instant où j'ai vu mon reflet dans le miroir, rebelote : j'ai disparu de l'Ordonnateur, et je me suis retrouvé dans un endroit très différent.

21

À quoi ressemblent les extraterrestres

C'est ici qu'on s'est retrouvés :

Nous flottions en apesanteur en face du poudrier en argent par lequel nous étions entrés. Le poudrier, lui, était maintenu en place par une sorte de rayon laser.

J'ai cherché aux quatre coins de l'immense pièce une quelconque trace de ma famille. J'y ai vu une multitude d'enclos en verre, contenant chacun une étrange créature. Mais aucun humain. Et encore moins de Conklin. J'ai essayé de me retourner complètement pour regarder derrière moi, mais j'ai été pris de vertige. Je commençais à avoir la nausée.

Squeep ! m'a tapoté le visage de sa queue pour attirer mon attention. Il m'a désigné le poudrier d'un claquement de langue et d'un petit mouvement de ses pattes palmées. À force, je déchiffrais de mieux en mieux ses gestes : il voulait que je retire le poudrier du rayon laser pour qu'on l'emporte avec nous. Mais, le temps de comprendre, j'avais flotté trop loin.

J'ai essayé de faire demi-tour. Mais on ne flotte pas dans l'air comme on nage dans la mer. Et tout ça commençait à vraiment me donner envie de vomir. Pour avoir une chance d'atteindre le poudrier, il fallait que je m'appuie contre quelque chose.

La poutre sous mes jambes, par exemple. J'ai fait un tour sur moi-même pour essayer de m'en rapprocher.

Squeep ! m'a lancé un sifflement irrité. Il voulait absolument que j'attrape ce poudrier, et moi, j'allais dans l'autre direction. J'ai essayé de lui expliquer par gestes que je reculais seulement de quelques mètres pour prendre appui contre la poutre. Mais difficile de mimer ça à un lézard en apesanteur !

Notre dispute a été interrompue par l'arrivée soudaine d'une créature de 2,50 mètres de haut avec une tête gigantesque. Elle ressemblait à ça :

Sa peau brillait d'une lumière indigo. Visiblement, elle n'avait pas encore remarqué qu'on flottait juste au-dessus d'elle. Dès qu'elle s'est approchée de nous, j'ai ressenti son énorme masse corporelle. Elle devait être constituée d'une matière bien plus lourde que n'importe quelle forme de vie terrestre. Alors qu'elle passait pile au-dessous de nous, l'onde de choc nous a envoyés valdinguer dans les airs comme des fétus de paille.

Tournant sur moi-même comme une toupie, j'ai réussi à attraper une corniche, qui s'est avérée être le rebord d'une large fenêtre. C'est ainsi que j'ai contemplé pour la première fois le monde des extraterrestres. Un ciel noir parsemé d'étranges nuages pétillants, au-dessus d'une ville grouillant de créatures semblables à celle que nous venions de croiser. Des créatures assez lourdes pour marcher au lieu de flotter dans cet environnement à faible gravité, toutes dotées d'une tête géante et d'un corps luisant de différentes couleurs.

Tout doucement, j'ai essayé de me tourner pour me réorienter. Devant moi se trouvait un enclos en verre dans lequel j'ai reconnu la créature que j'avais vue à la télé dans les extraits annonçant le combat à mort. J'ai remarqué que, comme Squeep ! et moi, elle flottait dans l'espace parce qu'elle était bien plus légère que les extraterrestres locaux.

Je me suis retourné complètement pour mieux voir l'extraterrestre luisant. Il n'avait toujours pas remarqué que j'étais accroché à la fenêtre trois mètres au-dessus de lui. Il a sorti un instrument de sa ceinture, avec lequel il s'est mis à scanner les bords du poudrier, comme s'il effectuait des tests. En plus de sa ceinture, il portait une tunique et une sacoche avec des inscriptions utilisant les mêmes caractères que ceux des Gubbins.

J'en étais sûr maintenant : cet extraterrestre était un Gubbins.

Il a remis l'instrument dans sa ceinture. Il a tendu la main de l'un de ses quatre bras vers le poudrier.

C'est alors que Squeep ! a surgi de derrière le rayon laser et lui a mordu la main. L'extraterrestre a poussé un cri, sans doute plus de surprise que de douleur. Il a secoué son doigt pour obliger Squeep !

à lâcher prise. Puis il s'est mis à le marteler de coups de poing. Squeep ! a réussi à flotter hors de portée des (quadruples) moulinets furieux et lui a tiré la langue en sifflant.

L'extraterrestre a rougi de colère. Il a attrapé à sa ceinture une sorte de pistolet. Il a visé Squeep ! et un éclair est sorti du canon. L'éclair a raté Squeep ! de peu, m'a frôlé, a fait voler en éclats l'enclos de verre en face de moi, avant de faire un gros trou dans la fenêtre.

La pression de l'air s'est brutalement modifiée. Mon corps s'est retourné si violemment que j'ai failli lâcher le rebord de la fenêtre. Je m'accrochais de toutes mes forces pour ne pas m'envoler dans le ciel noir pétillant.

En face de moi, les créatures à fourrure enfermées dans des cellules disparaissaient les unes après les autres à travers le trou, aspirées tels des moutons de poussière. Je les voyais hurler en s'éloignant dans le ciel, où – c'est terrible à dire – elles gonflaient comme des ballons et finissaient par exploser. Horrible spectacle !

Je savais que la même chose risquait de m'arriver si je lâchais prise. Ces cellules en verre étaient des sortes d'aquariums conçus pour protéger des créatures exotiques de l'environnement local.

Mais pour l'extraterrestre, qui tenait toujours son arme à la main, tout ça n'était qu'une simple brise. Il était bâti pour survivre à ces conditions.

Le manque d'oxygène commençait à me faire tourner la tête. Je savais que j'allais finir par lâcher, être aspiré dans le trou et exploser à cause de la pression. Je me suis maudit de ne pas avoir pensé à emporter une combinaison spatiale, ou au moins un bocal à poisson en guise de casque.

C'est là que je me suis souvenu que j'avais autre chose.

J'ai lâché le rebord de la fenêtre de ma main gauche, et j'ai tiré de ma poche les Lunettes Parfaites que j'avais empruntées à Frank Segar. Je les ai sorties du sac plastique, je les ai posées sur mon nez, et j'ai dirigé mon regard vers l'énorme créature luisante. Elle ne m'avait toujours pas remarqué. Elle continuait à chercher la petite créature qui lui avait mordu le doigt.

J'ai appuyé sur le bouton sur le côté de la monture. Un rayon vert a scanné la créature, comme un code-barre au supermarché.

J'ai senti les lunettes grossir sur mes yeux. Puis je me suis rendu compte que ce n'était pas seulement les lunettes. Mes yeux et ma tête grossissaient aussi.

À ce moment-là, j'ai senti que ma main droite lâchait prise.

Je me suis envolé dans les airs comme un ballon, beaucoup plus fort et beaucoup plus loin que je ne m'y attendais.

« Trouve-les », me suis-je dit à moi-même, alors que je perdais connaissance. « Trouve ta famille. »

Je me suis réveillé sur une passerelle baignée de lumière. Une lumière d'une couleur que je n'avais encore jamais vue. Que je n'avais jamais été *capable* de voir. J'ai retiré les énormes lunettes de mon énorme tête et je les ai rangées dans l'étrange pochette que je portais moi aussi désormais.

J'ai essayé de me lever, mais j'avais trop de bras. Et mes nageoires étaient engourdies.

22

Gubbins

C'est vrai, les extraterrestres ont des grosses têtes. C'est à peu près la seule chose sur laquelle on ne s'est pas trompés à leur sujet.

Mais ma grosse tête ne me rendait pas plus intelligent. D'après ce que je comprenais, cette grosse tête ne servait pas à réfléchir. Elle servait à s'inquiéter d'avoir une grosse tête.

Comme le dit un proverbe extraterrestre : « Gaffe à la tête ! », ou plus simplement : « Tête ! »

La seconde paire de bras, je crois, servait à se protéger la tête. Mais le cou extensible ? C'était un coup à se cogner ! Les yeux, en revanche, étaient super. Comme une nouvelle télé. Tout était plus net et plus coloré.

Je suis immédiatement parti à la recherche de ma famille. Il fallait d'abord que je trouve le moyen de retourner dans l'énorme bâtiment d'où je m'étais envolé, qui ressemblait au dôme d'un immense stade.

Mais je me suis rendu compte qu'en fait je n'avais pas du tout compris comment manœuvrer mon corps d'extraterrestre. Je venais de passer une heure à tanguer dans tous les sens, ce qui aurait attiré l'attention s'il n'y avait pas eu autant de tangage autour de moi. Après tout, je me trouvais à l'extérieur d'un stade, un endroit universellement connu pour ses foules plus ou moins alcoolisées, au sein desquelles les gens ne marchent pas toujours très droit.

Je n'avais jamais vu un ciel aussi noir. Le peu de lumière qui l'éclairait ne venait pas des étoiles – il n'y en avait aucune – mais de gigantesques bandes de nuages entrecroisées. D'étranges nuages, sombres, pétillants comme de la limonade, qui semblaient constitués de perles parfaitement rondes de toutes les tailles.

Je me suis d'abord demandé ce que c'était. Mais je me suis ensuite rendu compte que mon cerveau extraterrestre connaissait la réponse. Ce n'étaient pas des nuages, mais des *lunes*. Des milliers et des milliers de lunes. Des lunes à ne plus savoir qu'en faire.

Et mon cerveau extraterrestre connaissait tout un tas de choses sur ces lunes. Durant la majeure partie de leur histoire, les extraterrestres avaient appelé leur planète « Le Bel Endroit sous les Lunes ». Mais à une époque plus récente, après être entrés en contact avec les habitants de certaines des lunes les plus grandes, ils avaient décidé de changer le nom de leur planète. « Le Bel Endroit sous les Lunes » était devenu « Non, c'est *nous*, la planète ! ».

Apparemment, il y avait eu une dispute pour savoir qui vivait sur la vraie planète et qui vivait sur « Une Lune parmi d'Autres », du nom dont nous désignions désormais plusieurs de nos voisins.

Ma peau était couleur lavande. Sur ma tunique était gravée une marque orange en forme de ^.

En voyant ce ^, j'ai su que ça voulait dire « Gubbins ».

Alors que je me répétais ce nom, des taches orange sont apparues sur ma peau. J'étais heureux de les voir. Mais, dès que j'ai à nouveau ressenti de la peur et du désarroi, les taches ont tourné au gris pâle et au bleu.

Ma nouvelle peau changeait tout le temps de couleur. J'ai vite compris que le gris pâle et le blanc correspondaient à la peur, le vert au désarroi, le rouge à la colère, l'orange à la joie, et les couleurs que je n'avais encore jamais vues à des sentiments que je n'avais encore jamais éprouvés.

Ces transformations n'étaient pas volontaires. Je ne pouvais pas être orange en essayant d'être heureux, ni être heureux en essayant d'être orange. Je me suis dit que cette société devait être très honnête s'il suffisait de poser les yeux sur quelqu'un pour savoir ce qu'il ressentait.

Une couleur indescriptible et la gêne qui l'accompagnait m'ont fait comprendre qu'il fallait à tout prix que j'aille à... à quoi, je ne le savais pas, mais il fallait ABSOLUMENT que j'y aille.

J'ai laissé mon corps prendre les commandes. J'ai volé sur une passerelle, j'en ai descendu une autre, puis je suis entré dans une petite pièce isolée, où je me suis soulagé. Je t'épargne les détails.

Je me suis remis en route, et j'ai débouché sur la passerelle qui faisait le tour de l'immense arène.

La ville débordait d'attractions en tout genre pour les vacanciers venus passer du bon temps. Typique de la vie nocturne d'une ville-frontière située tout près du Matin.

Mon moi-extraterrestre savait tout un tas de choses instinctivement. Par exemple que, comme une seule journée sur cette planète durait environ mille années terrestres, le Jour n'abritait que les très riches. Les habitants de la Nuit s'étaient installés dans les ruines laissées par des civilisations de la Journée depuis longtemps disparues. Les villes comme celle-ci satisfaisaient tous les besoins des touristes fortunés du Jour, friands des attractions interdites par la Loi du Matin. Des attractions comme *Gare à la Bagarre*, dans laquelle des captifs venus de mondes éloignés s'affrontaient dans l'arène lors de combats à mort.

L'arène... C'était là que j'essayais d'aller, non ?

Plus je m'acclimatais à ce corps, plus je suivais mon instinct, plus les choses devenaient faciles. Si bien que je me suis dirigé plein d'assurance vers la porte d'entrée de l'arène.

Passer sous la grande arche m'a fait oranger de plaisir !

À l'intérieur, les passerelles se ramifiaient vers les différents étages, où il était possible d'accéder aux places assises de l'immense amphithéâtre sous le dôme. Le stade était couvert de néons et de logos à l'effigie de *Gare à la Bagarre*. La foule s'était déjà amassée sur les gradins dans l'attente du prochain combat à mort.

Je savais que ce que je cherchais se trouvait quelque part au sous-sol.

En voyant le ^ sur mes habits, la sécurité m'a laissé passer sans poser de questions. J'ai suivi les panneaux

« enclos extraterrestres » en direction des souterrains. Je suis arrivé dans un dédale de compartiments.

Je me trouvais sur un réseau de passerelles entrecroisées qui surplombaient les enclos. J'étais en train de me demander quel était le meilleur moyen de libérer les extraterrestres quand je me suis surpris à penser : « Quelle drôle d'idée ! » Les extraterrestres sont des êtres dangereux qu'il faut maintenir en captivité. Un fait amplement démontré par la présence de l'anguille volante à piquants tournant en rond dans son énorme enclos en verre, l'une des plus dangereuses créatures de l'univers connu. Le destructeur de challengers ! Un champion qui valait une fortune. Et il était à moi, Gubbins ! Le libérer était bien la dernière chose que je souhaitais !

J'ai continué à avancer et je me suis retrouvé devant un nouvel habitat gravitationnel, une sorte de puits où était inscrit : « Humains – Conklin ».

Plusieurs enclos « Conklin » s'étendaient à mes pieds. Mais mon esprit n'a compté qu'un seul être – un seul extraterrestre nommé « Conklin ».

Je trouvais ce Conklin étrangement familier, et néanmoins répugnant.

L'un des plus petits éléments de Conklin, une forme qui portait une bande de tissu autour de la tête, a levé les yeux vers moi.

Soudain, je me suis senti mal. Des taches maladives de couleurs contradictoires ont surgi sur ma peau. Les couleurs de la panique. Il fallait que je sorte d'ici !

C'est alors que j'ai entendu des voix rassurantes derrière moi.

– Gubbins, a dit l'une d'entre elles.

– Gubbins, a dit une autre.

Je me suis retourné. J'ai vu deux êtres semblables à moi, portant chacun le symbole ^ sur leurs vêtements. J'ai crié :

– Gubbins !

J'ai volé jusqu'à eux en virant à l'orange vif. J'ai lié mes bras inférieurs aux leurs, et eux aussi ont viré à l'orange. J'avais enfin trouvé ma famille.

23

Super Happy

C'est ainsi qu'a débuté la période la plus heureuse de ma vie.

Pour un Gubbins, c'était merveilleux d'être en famille. Je trouvais chaque Gubbins fascinant, beau, spécial. Parce que chacun était ma personne préférée : moi.

Je ne m'ennuyais jamais avec un Gubbins. Car chaque histoire qu'il racontait était quelque chose qui m'était arrivé. À *moi*.

– Génial ! disais-je.

Et puis je savourais le compliment.

De temps en temps, je me souvenais que je n'étais pas Gubbins, mais un imposteur en mission secrète. À cause de cette prise de conscience, ma peau prenait les couleurs de la culpabilité, de la tristesse et de la peur.

Dès qu'ils voyaient mon trouble, les autres Gubbins m'entouraient et me remontaient le moral, jusqu'à ce que je vire à nouveau à l'orange, oubliant ce qui avait causé mon trouble. C'est comme ça que les Gubbins faisaient en sorte que chaque membre de la famille soit parfaitement heureux.

À chaque fois que je me sentais seul, je tombais sur un groupe de Gubbins. Et, à chaque fois que j'avais envie d'être seul, je tombais sur un groupe encore plus nombreux.

J'étais si fier d'être Gubbins, et si fier que Gubbins soit moi.

Mais soudain je me suis souvenu de mon vrai nom : Hap Conklin. Je me suis souvenu de ma vraie famille, les Conklin, qui allait devoir combattre dans l'arène. Combattre à mort. Il fallait que je les sauve !

Comment avais-je pu oublier ? J'ai rougi de colère et de frustration.

Ce changement de couleur a alarmé les autres Gubbins. Pour éviter d'être contaminé par ma colère, ils se sont rués autour de moi pour me dire à quel point je comptais pour eux. Ils m'ont loué et honoré jusqu'à ce que je vire à nouveau à l'orange et que j'oublie tout, à part à quel point j'étais heureux.

Quelques minutes plus tard, je me suis à nouveau rappelé qui j'étais. Je m'en voulais terriblement d'avoir oublié ma famille. Me voir tourner au gris-marron par haine de moi-même a lancé une pâle onde de panique dans les rangs de la grande famille Gubbins. Je me suis retrouvé enveloppé d'une nuée de câlins, de déclarations d'affection, de cadeaux... y compris l'Ami-Panini, le moule à paninis, un article très populaire chez Gubbins. Tout ça m'a rendu si heureux que j'ai tourné à l'orange vif en oubliant une fois de plus ma véritable identité.

À ce moment-là, Squeep ! a surgi de la pénombre et tenté d'entrer en contact avec moi. Au début, je ne l'ai pas reconnu. Je l'ai mis dans une fougasse et j'ai bien failli m'en faire un panini. Heureusement, à la dernière minute, il m'a tiré la langue et je me suis souvenu de lui.

Je l'ai posé délicatement par terre et je l'ai suivi à travers les différents habitats gravitationnels. J'avais compris qu'il essayait de me conduire au poudrier, pour que je le rapporte à ma famille et qu'on s'enfuie tous à travers l'Ordonnateur. Seul problème : je ne me souvenais même pas qu'il s'appelait Squeep !. Je savais juste qu'il fallait que je le suive.

Mais là, j'ai vu l'enclos de verre où Florida Pete était enfermé. J'étais tellement absorbé que j'en ai complètement oublié le lézard. Pete était devenu une véritable bête sauvage. Surexcité, il tirait de toutes ses forces sur ses menottes et ses chaînes en acier.

Je ne le quittais pas des yeux, essayant de me rappeler où j'avais déjà vu ce colosse terrien.

Deux Gubbins sont arrivés les bras chargés de viande crue. Ils ont ouvert une trappe au-dessus de la cage, et se sont mis à déverser

des bouts sanguinolents le long d'un large tube en verre au bout duquel Pete attendait avidement. Mon cerveau Gubbins savait que cette viande contenait tout un tas d'additifs et de produits chimiques destinés à rendre Pete encore plus violent et incontrôlable, de façon que le spectacle soit encore meilleur. Un spectacle qui s'appelait désormais le Combat Impérial de la Mort.

Les Gubbins avaient récemment introduit *Gare à la Bagarre* chez eux, et c'était devenu le programme télévisé le plus regardé dans plusieurs systèmes solaires. Ce nouveau tournoi devait être le plus extraordinaire jamais organisé, grâce à la présence du maître de la galaxie en personne : l'empereur Galacto Supremo, qui n'avait encore jamais mis les pieds sur notre planète. Les Gubbins devaient donc produire le spectacle le plus haletant, le plus sanglant, le plus mortel de l'histoire de l'univers.

Alors que je pensais à tout ça, les autres Gubbins ont remarqué les taches grises de plus en plus foncées sur mon corps.

– Ne t'inquiète pas, m'ont-ils dit. Le combat à mort se passera bien.

Avant que ma peur n'infecte les autres, ils ont passé leurs bras autour de mon cou et m'ont poussé vers le reste du groupe, où une soirée pré-combat à mort battait son plein. Résultat : j'ai à nouveau viré à l'orange vif, chantant et dansant sur de vieux airs folkloriques du répertoire Gubbins.

Un peu plus tard, je me suis retrouvé seul en face de l'Habitat Conklin. C'est là que, pour la première fois depuis des semaines, j'ai vu ma mère. Elle berçait Bébé Lou en lui chantant une berceuse.

La triste réalité m'a frappé de plein fouet. Je voulais sauter dans l'enclos, mais j'avais trop honte de tout ce que j'avais fait : vendre ma famille aux extraterrestres, choisir d'être un Gubbins au lieu d'un Conklin, et, sans doute, laisser tous les membres de ma famille mourir un à un. Je ne méritais plus le nom de Conklin, je ne méritais plus d'être le fils de ma mère, ni d'être le frère de Bébé Lou.

Mais je ne pouvais pas non plus rester avec les Gubbins comme si de rien n'était.

J'ai sorti les Lunettes Parfaites de ma poche, je les ai posées sur mon nez et j'ai mis le bouton en position « Annulation ».

Les lunettes, ma tête et mon corps ont rétréci en même temps. J'étais à nouveau Hap Conklin dans son vieux costume poussiéreux. La seule différence, c'était que j'avais une barbe d'un bon mètre de long.

J'ai ouvert la trappe au-dessus de l'enclos et je me suis laissé glisser le long du tube en verre destiné à la nourriture comme si c'était un toboggan.

Ma mère et Bébé Lou étaient les seules personnes éveillées dans cette partie de l'enclos. Avant même que je ne puisse lui dire que je ne méritais pas de faire partie de cette famille, maman a levé les yeux vers moi, s'est étranglée de surprise et a poussé un cri de joie.

Elle a couru vers moi, et m'a soulevé dans ses bras en même temps que Bébé Lou.

– *Căci acest fiu al meu era mort*, m'a-t-elle dit, *şi a înviat ; era pierdut, şi a fost găsit. Şi au început să se veselească !*

Ce qui veut dire : « Je pensais que tu étais mort, mais tu es vivant ! »

Mais ça sonnait beaucoup mieux en roumain.

24

Retrouvailles

J'ai ensuite vu une fille que je n'ai pas reconnue. Elle avait l'âge d'Eliza et les taches de rousseur d'Alice.

– Beth ? ai-je dit, éberlué.

– Hap ?

Elle ne m'avait pas reconnu non plus, avec ma longue barbe de bûcheron. Elle s'est jetée dans mes bras à l'instant où maman m'a reposé par terre.

– Waouh, lui ai-je dit. Donc, c'est à ça que tu ressembles en vrai ? Tu es magnifique !

– Je suis hideuse.

– Au moins, tu n'es pas un rat. Je savais que vous étiez des fausses jumelles.

– J'aurais préféré qu'on soit des vraies. Je n'arrive pas à m'y habituer, après avoir ressemblé à Eliza toute ma vie.

– Moi, je te préfère comme ça. Mais c'est à toi de voir... si j'ose dire. Regarde ce que je t'ai rapporté.

– Mes lunettes ! Oh, Hap ! Hap ! Tu m'as apporté mes lunettes !

Les autres ont accouru en criant mon nom et se sont jetés à leur tour dans mes bras. Papa, Kayla, Eliza et Alice. Tout le monde sauf grand-mère, qui boudait à l'écart.

– Regardez ! a crié Beth. Hap m'a rapporté mes lunettes !

Elle les avait déjà enfilées et s'était à nouveau transformée en double d'Eliza.

– Et mon poudrier ? a demandé Alice.

– Oui, Hap, a renchéri papa. On a besoin du poudrier.

– Où est-il ? a dit Eliza.

– Il ne l'a pas, lui a répondu Kayla.

– Quoi ? a aboyé grand-mère. Il n'a même pas pris ce fichu Ordonnateur !

– Mais..., ai-je bredouillé, je pensais qu'il était connecté à Alice en permanence !

– Les extraterrestres savaient qu'on pourrait l'utiliser pour s'échapper en se donnant tous la main, m'a expliqué papa. Alors ils ont trouvé un moyen de le détacher d'Alice. Je crois qu'ils l'ont emprisonné dans une sorte de rayon laser magnétique.

Je me suis tapé le front. C'était donc ce que Squeep ! essayait de me dire ! Et je m'étais séparé de notre seul moyen de fuir.

– Bravo, Happy Junior, a ricané grand-mère. Magnifique sauvetage. Splendide intervention. Grâce à toi, nous allons tous être taillés en pièces.

– Ne commencez pas, grand-mère, ai-je répliqué. Tout ça, c'est votre faute.

– Ma faute ? C'est toi qui nous as vendus comme esclaves !

– Je voulais juste protéger Bébé Lou.

– La protéger de quoi ? Du Ouille la Hoop, qui l'aurait empêchée d'être enlevée par les extraterrestres ? Qui nous aurait tous empêchés d'être enlevés par les extraterrestres ?!

– Mais ces enlèvements ont commencé à cause de *vous* ! C'est *vous* qui avez vendu le Gyrophare aux extraterrestres ! C'est *vous* qui leur avez vendu *Gare à la Bagarre.* Ces combats à mort, c'est à cause de *vous*.

– En effet, m'a répondu grand-mère. Cela faisait partie de mon plan. Ces tournois sanguinaires pour dépravés. La consommation effrénée et décadente. Tout ça dans un même but : que la maladie se répande comme un virus à travers la galaxie, pour affaiblir l'empire, pour que sa poigne de fer se relâche, jusqu'à ce qu'il soit suffisamment faible pour être renversé.

– Renversé ? Par qui ?

– Par moi, espèce d'idiot ! a hurlé grand-mère. Par nous ! À quoi crois-tu que j'aie œuvré pendant toutes ces années ? À fabriquer le panini parfait ? Je te l'ai dit, j'avais tout prévu. J'ai fait tout ça pour que cette famille accomplisse son destin grandiose. Et mon plan fonctionnait ! Jusqu'à ce que tu viennes fourrer ta barbe dedans !

En regardant les autres membres de ma famille, j'ai compris que grand-mère leur avait déjà parlé de son plan fou pendant leur captivité.

– Je n'agis pas par égoïsme, a-t-elle continué. Ni par folie des grandeurs. C'est juste que je ne supporte pas de voir une galaxie aussi grandiose sous la coupe de ce crétin décérébré.

En disant cela, grand-mère a pointé du doigt le moniteur télé incrusté dans le mur. On y voyait les gradins de l'immense arène pleins à craquer. Tous les extraterrestres avaient les yeux fixés sur la procession qui venait de faire son entrée. Les dizaines de milliers de spectateurs se sont agenouillés en même temps devant l'Empereur Galactique.

La caméra a alors fait un gros plan sur la petite silhouette adressant des signes à la foule. J'ai reconnu le visage que j'avais déjà vu sur les bracelets entourant les billets de banque.

– Quel imbécile, a grogné grand-mère. Un bouffon avec une moitié de cerveau. J'aurais rendu service à la galaxie. Si tu ne me crois pas, demande à Kayla. Elle sait quel futur aurait été le meilleur.

J'avais oublié Kayla. Elle s'était isolée dans un coin. Elle faisait la grimace en parlant à Alphonso.

– Kayla, lui ai-je demandé, quand est-ce que le combat va commencer ?

– Dans vingt secondes. Le toit va s'ouvrir, le plancher va se soulever et on va se retrouver au cœur de l'arène.

– Et on va tomber nez à nez avec cette grosse anguille à piquants ?

– On ne la verra jamais. Florida Pete nous tuera tous avant. C'est grand-mère qui lui résistera le plus longtemps.

– Attends, l'ai-je interrompue. Je croyais que grand-mère contrôlait Pete ? C'est lui qui me l'a dit.

– Non, il est trop enragé. Il va la tailler en pièces avant même de reconnaître son odeur. Il va tous nous tailler en pièces.

Grand-mère m'a regardé avec dégoût.

– Tu ne pouvais pas te débrouiller pour rapporter ce fichu poudrier...

Je me suis posé la même question alors que le toit s'ouvrait au-dessus de nos têtes. Ensuite, le plancher a commencé à monter.

25

Le combat de la mort

La clameur sanguinaire s'est accentuée au moment où nous avons fait notre apparition dans l'arène.

Grand-mère a regardé Kayla.

– Dis-moi que tu as quelque chose, petite.

– Je crois qu'on peut gagner un peu de temps, lui a répondu Kayla. Mais il va falloir que vous fassiez équipe avec Happy.

Grand-mère a regardé papa.

– Non, lui a dit Kayla. Happy *Junior.* Vous vous souvenez du partenariat que vous lui avez proposé ?

Le cadeau que vous lui avez fait dans le solarium ? Il est toujours dans votre poche.

– Oui ! me suis-je écrié. Le cadeau ! C'était quoi ?

Le plancher s'est arrêté. Nous étions dans le coin d'un énorme ring, entouré de milliers d'extraterrestres vociférant.

– L'offre n'est plus valable, a répondu grand-mère. Il m'a jeté mon cadeau au visage. Ce partenariat n'est plus envisageable.

– Eh bien, vous feriez mieux de l'envisager, lui a dit Kayla, si vous voulez survivre aux dix prochaines secondes.

Dans l'autre coin du ring, Florida Pete, le visage maculé de bouts de viande sanguinolents, est apparu sur une autre plateforme. L'écume qui sortait de sa bouche a viré au rose en se mélangeant au sang de la viande. Charmant spectacle !

– Grand-mère, a dit Kayla, en montrant sa poche du doigt. Le partenariat. Maintenant !

– Je suis obligée ?

– Oui.

Grand-mère a tendu la main vers moi.

– Serre-lui la main, Happy, m'a dit Kayla.

J'ai haussé les épaules, mais je lui ai quand même serré la main.

– Parfait, s'est félicitée Kayla. Vous êtes officiellement partenaires. Essayez d'attirer Pete vers les cordes.

– Très bien, a dit grand-mère en attrapant le petit cadeau noir dans sa poche. Par ici, Happy Junior.

Je l'ai suivie jusqu'au centre du ring, sans quitter des yeux Florida Pete, qui vociférait en tirant sur ses chaînes de toutes ses forces. Grand-mère m'a tendu le cadeau. Je l'ai ouvert et j'en ai retiré un petit rond de tissu étoilé noir et rouge.

– C'est quel genre de partenariat ? ai-je demandé.

– Duo de choc. En mode *tag team*[1] ! Enfile le masque.

J'avais dans les mains un masque de catcheur brodé de roses rouges étoilées. J'ai levé les yeux vers grand-mère et j'ai vu qu'elle enfilait le même masque de ses longs doigts élégants, tellement... *familiers* !

Euréka !

– Grand-mère, le Flamenco Masqué... C'est vous !

– C'est *nous*, partenaire, m'a-t-elle répliqué. Allez, mets ton masque, et cache-moi cette barbe ridicule !

J'ai rentré ma barbe dans mon maillot de corps et enfilé le masque.

Je me suis tout de suite rendu compte que ce n'était pas un simple bout de tissu, mais un objet

---

1. En catch, un *tag team* est un groupe de deux catcheurs ou plus qui travaillent en équipe (NdT).

high-tech, sans doute inventé par papa. J'ai entendu un son aussi léger qu'irrésistible. Des notes de guitare classique. Mon corps bougeait tout seul au rythme de la musique. Mes poings se sont collés à mes hanches. Mon pied droit a frappé le sol. J'ai levé les mains et tapé deux fois dedans. Grand-mère faisait la même chose à l'unisson. Les bras entrecroisés, nous nous sommes avancés en dansant vers le centre du ring.

À notre vue, Pete s'est mis à vociférer et à tirer sur ses chaînes encore plus fort.

Une cloche a sonné. Les chaînes sont tombées par terre. Pete nous a chargés tel un rhinocéros enragé.

Grand-mère m'a fait tournoyer plusieurs fois et m'a lancé vers lui comme une toupie. Inspiré plutôt que contrôlé par la musique, j'ai exécuté un saut digne d'un danseur de ballet à deux mètres de hauteur et j'ai balancé deux claques à Pete. *Clac-clac*. J'ai effectué un saut périlleux au-dessus de sa tête et je suis retombé sur mes pieds, avec un gracieux mouvement du bras.

La foule a rugi. Pete aussi. Il a titubé dans ma direction. Je l'ai esquivé d'un pas de danse, mais ses mains crochues s'approchaient dangereusement de moi. Il m'aurait attrapé et réduit en bouillie si grand-mère ne m'avait pas tapé dans la main, surgissant sous le nez de Pete d'une magnifique roue, les deux bottes en l'air. Pete s'est alors rué à sa poursuite ; mais j'ai fait mon retour sur le ring en dansant et j'ai tapé dans la main de grand-mère. À force de répéter la manœuvre, nous sommes parvenus à attirer Pete vers les cordes.

J'ai plongé entre les cordes du haut. Pete s'est jeté sur moi. Je suis remonté sur le ring en me faufilant entre les cordes du bas. Pete s'est retourné pour me suivre et s'est retrouvé emmêlé dans les cordes !

C'est le moment qu'a choisi Kayla pour intervenir. Elle tenait quelque chose de brillant dans les mains : les menottes de Frank Segar. Elle en a attaché une au poignet de Pete, et l'autre à sa botte. Pete n'était plus seulement emmêlé dans les cordes, il y était quasiment plié en deux, un peu comme un bretzel.

Ma mère, mon père et mes sœurs ont sauté à leur tour sur le ring, et se sont jetés sur Pete pour le maîtriser.

– Attendez ! a crié Kayla au-dessus de la mêlée. Grand-mère, montrez-vous pour qu'il vous reconnaisse !

Grand-mère a retiré son masque et s'est penchée vers lui.

– C'est moi, Pete ! lui a-t-elle crié. La patronne ! Tu te souviens ?

Pete, la bave aux lèvres, a grimacé en la regardant. Il roulait de grands yeux sauvages. Elle lui a tendu la main. Pete l'a reniflée, incrédule.

– La... patronne ?

– Oui, Pete, lui a répondu grand-mère.

– J'ai gagné, patronne ? Je vais avoir ma récompense ?

– Oui. Mais tu dois arrêter de te battre. Arrête de te battre et tu auras ta récompense.

– Vous changez tout le temps les règles ! a protesté Pete. Je veux mes lunettes ! Je veux ma récompense maintenant !

– Tenez, lui a dit Beth en lui tendant les lunettes. Elles sont à vous. Prenez-les.

Ça n'avait pas dû être facile pour Beth, et nous lui en étions tous très reconnaissants. Surtout Pete. Un soulagement béat est apparu sur son visage. Il tenait enfin les lunettes entre ses mains ! Il en avait les larmes aux yeux. Il s'est mis à pleurer et rire en même temps.

– Je ne ferai plus jamais de mal à une mouche, a-t-il dit.

Et il nous a tous pris dans ses bras. Et nous aussi, nous nous sommes tombés dans les bras, riant de joie et de soulagement à l'idée que le combat était enfin terminé. C'est alors qu'un étrange bourdonnement est descendu du public.

J'ai demandé à Kayla ce que c'était.

– Ils nous sifflent, m'a-t-elle répondu.

Ce qui m'a fait sourire à pleines dents. J'en poussais des cris de joie ! Leur dépit de nous voir toujours en vie me rendait si heureux que je me suis mis à arpenter triomphalement le ring en levant les bras.

Les sifflets se sont amplifiés.

– Hé ho, Hap ! m'a dit grand-mère en me rejoignant. Si tu veux jouer les méchants, fais-le bien, au moins !

Un grand sourire sur les lèvres, elle s'est mise à faire des moulinets avec un bras tout en portant une main à son oreille, comme si ces sifflets étaient du miel et qu'elle en réclamait encore plus. La fureur de la foule a redoublé. Si bien que j'ai fait la même chose que grand-mère. Et les sifflets se sont transformés en grondement de tonnerre enragé. C'était génial.

– Euh... Dites, nous a interrompus Kayla.

– Pas maintenant, Kayla, l'a coupée grand-mère, en se bouchant le nez devant les gradins fous de rage, alors que je leur montrais mes fesses. C'est notre heure de gloire.

Maman nous a imités : elle s'est mise à adresser des gestes obscènes aux extraterrestres tout en leur lançant des insultes en roumain. Je n'avais jamais rien entendu d'aussi grossier. Surtout dans la bouche de ma mère ! Ces bordées de gros mots ont eu le don d'énerver encore plus la foule, qui a entrepris de nous balancer des gobelets et des paninis à moitié mangés.

– Hé ! nous a crié Kayla. Hé ! Revenez ici tout de suite ! Ils vont couper la gravité artificielle ! Tenez-vous aux cordes ! Tout le monde se tient aux cordes !

Nous sommes revenus juste à temps pour attraper les cordes, ils ont coupé la gravité et nous nous sommes mis à flotter.

– Qui a fait ça ? a crié papa.

– Les Gubbins, a répondu Kayla. La foule veut un combat à mort. Et il y aura une émeute si elle ne l'a pas. C'est pour ça qu'ils lâchent le champion.

– Oh, non, ai-je gémi. Pas l'anguille à piquants !

Mais le monstre gigantesque s'était déjà déversé dans l'arène tel un liquide maléfique.

La foule a poussé un cri de jouissance sanguinaire.

L'abominable anguille à piquants effectuait des loopings dans les airs. Elle a foncé vers les poutres métalliques du toit. Puis, exhibant ses multiples rangées de crocs, elle a plongé droit sur nous.

– Enlevez-moi les menottes, a dit Florida Pete. Je vais m'occuper de ce zozo.

En trifouillant la serrure des menottes avec son épingle à cheveux, Kayla est parvenue à le libérer. Pete a filé à l'autre coin du ring et s'est hissé sur les cordes à la vitesse de l'éclair. Il s'est mis en boule sous la corde du haut. Il a levé les yeux vers les crocs qui fondaient sur lui.

– Tu vas comprendre ta douleur, *loser*.

Il a tendu la corde du haut en arrière, a mis les deux pieds dessus et, telle la flèche d'un arc, s'est propulsé avec force.

Le monstre a été pris par surprise : Pete lui a balancé un uppercut au menton.

– Whouuuuuu-ouuuu ! a hurlé Pete en courant le long des babines de la bête.

Il a plongé un poing dans sa narine, et, de l'autre, lui a balancé un crochet en plein dans l'œil.

L'anguille a poussé un hurlement, avant de battre en retraite.

Alors que je regardais le spectacle bouche bée, j'ai remarqué quelque chose d'intéressant qui flottait à proximité du ring : un panini. En soi, cela n'avait rien d'inhabituel : l'air était saturé de paninis. Mais celui-ci était doté de deux petites pattes de lézard ! Deux pattes palmées qui propulsaient la tranche de pain grillée tel un surfeur sur la vague.

Squeep !.

J'ai grimpé sur les cordes, j'y ai coincé mon pied et j'ai tendu la main le plus haut possible. Mais le panini-lézard était déjà beaucoup trop loin pour moi.

– Papa ! Aide-moi à aller plus haut !

Mon père m'a attrapé par les chevilles et m'a poussé vers le haut. Puis ma mère l'a attrapé, lui, par les chevilles. On a ainsi formé une échelle humaine en apesanteur, et j'ai pu récupérer le panini à la dérive.

J'ai tenté de retirer Squeep ! du sandwich, tel le bouchon d'une bouteille, mais le haut de son corps était coincé. J'ai émietté la croûte, j'ai arraché les feuilles de laitue, et j'ai enfin vu ses gros yeux jaunes qui me regardaient. Ses doigts palmés agrippaient un petit disque couvert de mayonnaise pimentée. J'ai d'abord cru qu'il s'agissait d'une tranche de tomate. Mais une fois la bouillie rosâtre retirée, j'ai reconnu le revêtement argenté. Squeep ! était allé chercher le poudrier ! Comment s'était-il débrouillé ?! Je l'ai pris dans mes bras, aux anges, et il m'a rendu la pareille en me léchant le visage.

J'ai hurlé à mon père, qui me tenait toujours par les chevilles :

– C'est le poudrier ! Passe-le à Alice !

Je l'ai passé à papa, qui l'a passé à maman, qui l'a passé à Alice. Je n'avais jamais vu ma sœur aussi heureuse. Elle a nettoyé la mayonnaise sur le couvercle et l'a ouvert.

– OK, nous a-t-elle crié. Donnez-vous la main ! Il faut qu'on se touche tous pour que je nous fasse passer !

J'ai levé les yeux vers la scène au-dessus de moi.

– Attends ! lui ai-je dit. On ne peut pas laisser Florida Pete ! Il faut qu'on l'emmène !

Notre champion du monde était absorbé par son combat contre le champion de la galaxie. Mais il m'a quand même entendu crier son nom. Il a jeté un œil vers moi, et, là, il m'a vu, en apesanteur, les quatre fers en l'air, brandissant un lézard dans sa direction. Il m'a adressé un discret signe du menton, tel un pilote de chasse en plein combat.

Il a soudain enfoncé ses deux pieds de toutes ses forces dans l'œil de la bête, a rebondi dessus comme sur un trampoline avant d'exécuter un magnifique saut de l'ange en arrière, puis de plonger vers le ring. La figure était parfaite, sauf qu'au dernier moment la queue de l'anguille s'est abattue sur sa tête, l'envoyant valser, inconscient, à l'autre bout de l'arène. J'ai senti mon sang se glacer. Il était trop loin.

– Plus haut ! ai-je crié à ma famille.

Eliza a attrapé les chevilles de maman. Beth a attrapé les chevilles d'Eliza. Kayla a attrapé les chevilles de Beth. Alice a attrapé les chevilles de Kayla. Et grand-mère a attrapé les chevilles d'Alice, jusqu'à ce que notre chaîne humaine s'étende assez loin pour que je parvienne enfin à saisir la grosse ceinture de catcheur rouge de Pete.

Mais à peine avais-je réussi à rattraper Pete que j'ai entendu ma mère hurler au-dessous de moi. Ensuite, tout le monde s'est mis à hurler. Dès que j'ai baissé les yeux, j'ai compris pourquoi. Dans le feu de l'action, Bébé Lou avait réussi à échapper aux bras qui la tenaient. Elle flottait librement dans l'espace.

– Attrape-la ! me criaient-ils tous. Attrape le bébé !

Bébé Lou flottait vers moi comme une petite bulle de savon. Il suffisait que je tende le bras pour l'attraper. Mais pour ça il fallait que je lâche Pete ou Squeep !. Lequel choisir ? Alors que je me posais la question, j'ai vu une énorme gueule remplie de crocs acérés apparaître derrière Bébé Lou. Le monstre à piquants fonçait vers nous, les mâchoires grandes ouvertes.

Je me suis dit : « Lâche Pete. »

Et puis : « Non, tu n'as pas le droit. C'est un être hu... »

Soudain, j'ai eu une idée. J'ai commencé à secouer la tête de bas en haut aussi fort que possible, de façon à sortir toute ma barbe de mon maillot de corps.

Puis je l'ai lancée de toutes mes forces en direction de Bébé Lou.

– Attrape-la ! lui ai-je crié.

Elle a tendu ses deux petits poings potelés vers

la barbe, dont elle est parvenue à attraper un bout. Quelle petite fille incroyable !

– Je l'ai ! ai-je crié tout en bas. Ramène-nous chez nous, Alice !

– Ramène-nous chez nous, Alice ! a répété papa.

– Ramène-nous chez nous, Alice ! a renchéri maman.

Au moment précis où les crocs de l'anguille se refermaient sur nous – *clac !* – nous avons disparu de ce monde.

26

Le retour

Toute la famille – plus un lézard et un catcheur – s'est abattue comme une masse sur le plancher en cèdre de l'Ordonnateur.

J'ai sauté sur mes pieds, j'ai regardé autour de moi pour être sûr que tout le monde était bien là. Mais aucune trace de Bébé Lou. J'ai crié :

– Bébé Lou !

– Chhhhut, je l'ai, m'a murmuré grand-mère, qui la tenait dans ses bras.

– Dieu merci. Vous pouvez me la rendre, maintenant.

– Tu ne me fais toujours pas confiance, Happy ? Alors que je viens de lui sauver la vie ?

– C'est moi qui lui ai sauvé la vie. Avec ma barbe.

– Sans moi, tu n'aurais pas de barbe, m'a fait remarquer grand-mère.

– Ça suffit, est intervenu papa. Il faut qu'on sorte de l'Ordonnateur avant que ça tourne à la catastrophe. C'est un espace extra-dimensionnel. Nous ne sommes pas censés être là. Surtout Kayla ! Kayla, ma puce, ferme les yeux.

– Je vais bien, lui a dit Kayla.

Mais elle a fermé les yeux.

– Alice, a repris papa. Tu peux nous faire sortir ?

– Je ne sais pas. C'est Hap qui a ouvert le dernier portail vers la Terre. Où est le portail, Hap ?

– Euh..., ai-je répondu, en regardant le bazar autour de moi. Squeep ! connaît la sortie. Où est-il ?

– C'est donc le nom de ce mignon petit cornichon ? a souri Florida Pete, qui tenait Squeep ! au creux de ses bras gros comme des troncs. Il est si beau. Je suis sûr qu'il n'a jamais fait de mal à une mouche. Peut-être que je ne vais pas me transformer en tortue, finalement, mais en Squeep !. Quel est son habitat naturel ?

– Une école primaire, lui ai-je répondu.

– Parfait ! Jouer avec les enfants, leur apprendre des trucs scientifiques et ne plus jamais faire de mal à une mouche.

– Il mange des insectes, ai-je objecté.

– Les mouches sont des insectes ?

– C'est une expression, lui ai-je expliqué.

– C'est vrai, m'a répondu Pete, songeur. Je vais le faire maintenant. Je ne veux pas prendre le risque de redevenir violent.

– Euh... est intervenu papa. Il faut qu'on sorte Kayla d'ici. TOUT DE SUITE.

Mais Florida Pete ne pouvait plus attendre. Il a enfilé les lunettes, regardé Squeep ! et appuyé sur le bouton. On s'est donc retrouvés avec deux lézards pour le prix d'un. Sachant par expérience à quel point il était dur de s'adapter à un nouveau corps, j'ai décidé de mettre Pete le lézard dans ma poche pour éviter qu'il se perde.

Alors que Squeep ! nous guidait à travers le sentier zigzaguant entre le fruit des vols d'Alice, papa

gardait les mains posées sur les yeux de Kayla. Je ne comprenais pas pourquoi il avait si peur pour elle. Quel était ce mystérieux conflit entre les pouvoirs de Kayla et l'Ordonnateur ? Je savais qu'elle était incapable de voir à l'intérieur ou de prévoir ce qui s'y passait, mais à part ça...

Avant que j'aie le temps d'y réfléchir, ce bon vieux Squeep ! nous avait ramenés au petit miroir en forme de coquillage. Le miroir était là, posé sur le plancher, pile à l'endroit où je l'avais laissé, au détour de mes vieux livres de la bibliothèque. On s'est tous donné la main, et Alice nous a fait passer à travers le portail jusqu'à notre chambre.

On a une fois de plus poussé un ouf de soulagement d'être sortis de l'Ordonnateur.

Mais le soulagement a été de courte durée.

La première chose que nous avons remarquée une fois de retour à ce que nous pensions être la sécurité de notre chambre, c'est la dizaine d'agents du FBI qui nous encerclaient, arme au poing.

– À genoux, mains sur la tête ! a ordonné une voix familière.

En levant les yeux, j'ai reconnu l'inspecteur Frank Segar. J'avais laissé le portail ouvert et j'étais heureux que Frank ait réussi à sortir. Je lui ai souri. Pas lui.

– J'ai dit : À genoux, mains sur la tête !

C'est à Alice qu'ils ont passé les menottes en premier, puis à grand-mère, puis à papa. J'imagine qu'ils se sont dit que les autres n'étaient pas dangereux.

Alors que les agents l'emmenaient, grand-mère s'est tournée vers moi, m'a souri et m'a dit :

– On se tapera bientôt dans la main, partenaire.

27

Effets secondaires durables

Le FBI a d'abord ordonné à papa de détruire ou de mettre hors service toutes les technologies qui permettaient aux extraterrestres de nous rendre visite, ou qui nous permettaient de leur rendre visite. Papa s'est exécuté sans se faire prier. Cela voulait dire séparer Alice de son Ordonnateur. Les Gubbins lui avaient donné une idée du moyen d'y parvenir. Mais, comme la condition était que rien ne sorte plus jamais de l'Ordonnateur, il a fallu le faire sans attendre. Sache donc que, si Alice t'a volé quelque chose, tu peux lui dire adieu. Désolé.

Les autorités ont ensuite réquisitionné les Industries Conklin, le manoir Conklin et tous les biens de la famille. Et finalement on a tous été arrêtés.

– Après tout ça, ai-je dit à Kayla, on prend quand même le chemin de la Dernière Alvéole ?

– Pas tout à fait. Dans cette alvéole, la famille n'est pas séparée.

– Comment est-ce possible ? Qu'est-ce qui a changé ?

– Grand-mère.

– Parce qu'elle a été arrêtée ?

– Pas seulement. Vivre toutes ces aventures avec nous l'a changée. Et son plan aussi.

– Mouais... Elle ne changera jamais.

Et pourtant, à ma grande surprise, grand-mère a non seulement plaidé coupable, mais elle a aussi assumé toute la responsabilité de nos activités illégales. Elle a reconnu que c'était elle qui avait mêlé papa à tout ça, et que la cleptomanie d'Alice était entièrement sa faute.

Est-ce que je croyais que le cœur de grand-mère s'était adouci et qu'elle était devenue quelqu'un de bien du jour au lendemain ? Non. Je ne suis pas stupide. Je me suis dit : « Qu'est-ce qu'elle mijote maintenant ? »

En échange de sa collaboration avec les autorités scientifiques, papa n'a écopé que d'une peine de prison avec sursis. Et maman n'a pas été expulsée. Alice a été condamnée à une semaine de détention dans un centre pour mineurs. Elle doit également être suivie par le Dr Jeremy, un psychiatre. Au total, à part grand-mère, la seule personne condamnée à de la prison ferme a été M. Abernathy, le directeur du zoo.

J'ai enfin pu ramener Squeep ! à l'école, en compagnie d'un lézard tout nouveau tout beau, nommé Pete, en tous points identique à Squeep !, à part sa paire de lunettes vertes et sa moustache. Tous mes camarades adorent Pete le lézard. Et lui aussi les adore. Et il adore aussi son petit terrarium.

Malheureusement, ce n'est pas le cas de Squeep !, qui a pris goût à l'aventure. Après tout ce temps passé dans l'Ordonnateur, il a appris des trucs qu'aucun lézard ne devrait connaître. Ces derniers temps, il n'arrête pas de s'échapper du terrarium, de la classe et de l'école. Et presque tous les matins, je découvre qu'il s'est glissé dans ma chambre et qu'il s'est endormi en boule sur mon ventre.

On vit désormais dans un appartement près de l'hôtel où maman travaille. Il est plutôt petit, mais c'est le grand luxe à côté de la cave de grand-mère. J'ai même une chambre rien que pour moi – sans compter Squeep !, évidemment.

Eliza est furieuse de devoir encore partager sa chambre, même si c'est seulement avec Beth.

Elle n'arrête pas de répéter : « Je devrais avoir mon propre palais ! »

Pendant le temps qu'elles ont passé ensemble en captivité, grand-mère lui a mis tout un tas d'idées saugrenues dans la tête. Elle l'a persuadée que notre famille allait s'emparer de la galaxie, qu'on deviendrait tous rois et reines, et que chacun régnerait sur son propre système solaire, avec sa propre planète palais. Parfois, j'ai peur qu'Eliza croie encore à toutes les salades de grand-mère.

À la « requête » du FBI, papa a fait une petite pause dans les inventions. Et il est plutôt fidèle à sa parole, même s'il travaille quand même sur un médicament pour Beth. Eh oui, après avoir porté les Lunettes Parfaites si longtemps, la pauvre Beth a développé quelques effets secondaires durables.

Un matin, elle s'est réveillée après un rêve étrange dans lequel elle ressemblait à nouveau comme deux gouttes d'eau à Eliza. L'impression a fini par se dissiper au bout de quelques heures. Mais une semaine plus tard, elle a fait un rêve encore plus bizarre : cette fois, elle ressemblait à une fille complètement différente qu'aucun de nous ne reconnaissait. L'impression s'est à nouveau dissipée. Mais avant ça, Beth était incapable de parler autre chose que le portugais. Papa a donc créé une boisson que Beth doit boire avant de se coucher. Il lui a aussi enseigné des techniques d'autohypnose pour l'empêcher de rêver qu'elle n'est pas elle-même. Selon lui, ça devrait régler le problème.

Kayla est toujours copine avec Alphonso, même si, ces temps-ci, elle évite de lui poser des questions, ce qui lui facilite grandement la vie.

Et j'imagine que tu as lu le reste de l'histoire dans les journaux, à la télé ou sur internet.

En ce qui me concerne, je n'ai vraiment pas été surpris d'apprendre que grand-mère avait disparu de sa cellule de prison sans laisser de traces. Je sais qu'une chasse à l'homme est en cours dans tout le pays, mais je crois qu'on ne la retrouvera pas. En tout cas, pas sur cette planète.

Savoir grand-mère en liberté quelque part dans l'univers me met un peu mal à l'aise, je dois bien l'admettre. Surtout quand je repense aux derniers mots qu'elle m'a adressés.

Je me demande encore ce qu'elle a bien voulu dire...

On se tapera bientôt dans la main, partenaire.

Pas trop tôt, j'espère.

Cet ouvrage a été mis en pages
par DV Arts Graphiques à La Rochelle

Impression réalisée par GRAFICA VENETA
en janvier 2020
pour le compte des Éditions Bayard

Imprimé en Italie